被爆した長崎医科大へ
神戸から

鳥居 真知子

浪速社

被爆した長崎医科大へ　神戸から

鳥居 真知子

今年は、広島と長崎に、原子爆弾《げんしばくだん》が投下《とうか》されて八〇年になります。この原爆で亡くなられたあまたの方々へ、深い鎮魂《ちんこん》の思いを捧《ささ》げます。

それと共に、この尊い地球から、核兵器《かくへいき》が一つ残らず無くなることを、祈念《きねん》いたします。

その思いを、神戸から、一人の青年に託《たく》して、この物語は長崎に向かいます。

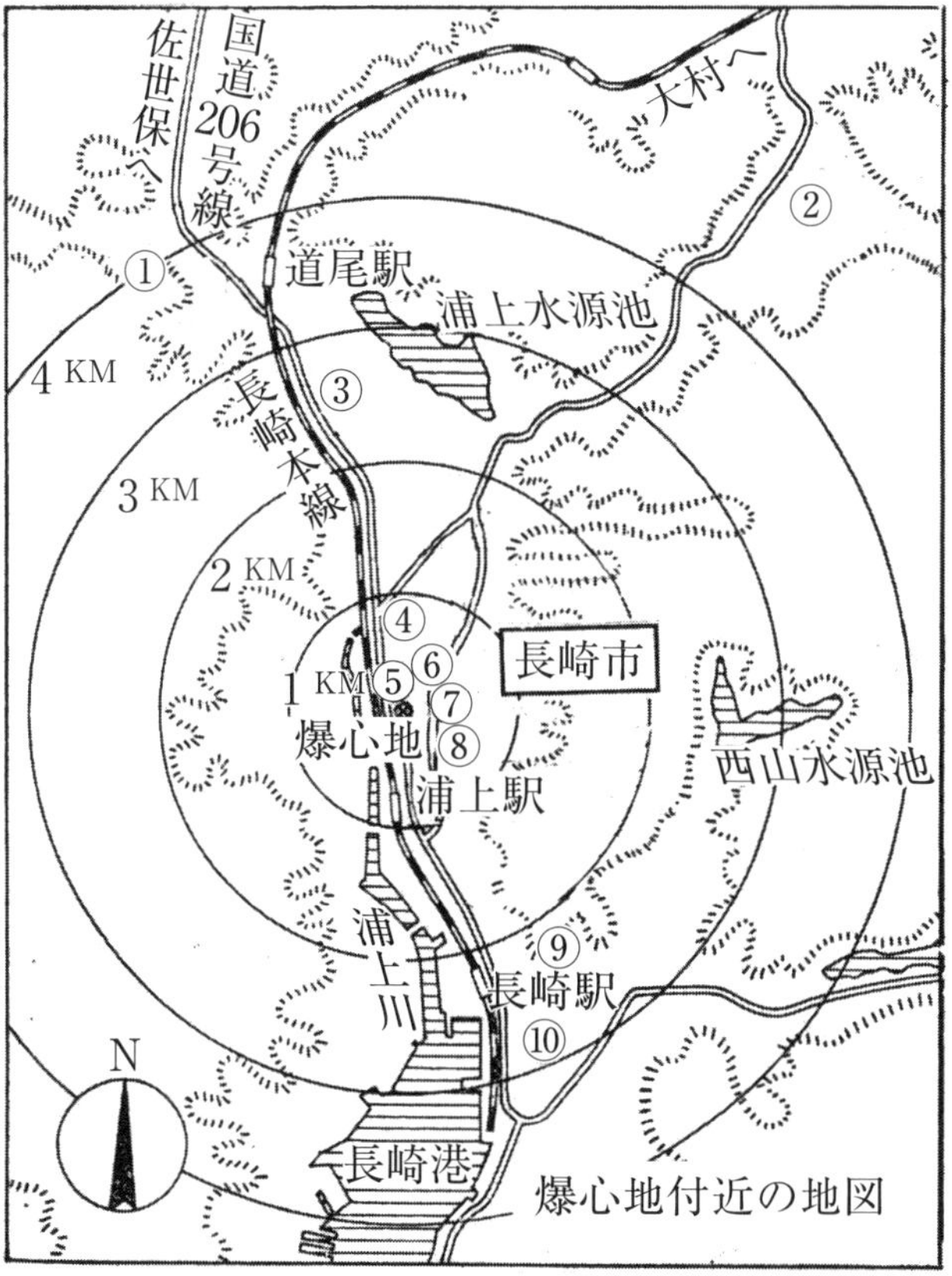

爆心地《ばくしんち》付近の地図と物語に出てくる地名

①滑石町《なめしまち》　②三ツ山《みつやま》　③三菱兵器《みつびしへいき》　地下工場　④山里《やまざと》国民学校

⑤松山町　⑥浦上《うらかみ》天主堂　⑦長崎医科大学　⑧医科大附属《ふぞく》医院

⑨長崎医科大学 弘心寮《こうしんりょう》　⑩新興善《しんこうぜん》国民学校

■主な登場人物

〔家族など〕

＊昇《のぼる》（田口昇）

主人公。神戸の御影《みかげ》の町医者の長男。放射線医学を学ぶため、長崎医科大学に入学して原爆《げんばく》と対峙《たいじ》する。

＊お父さん（田口浩《ひろし》）

昇の父。田口医院の医者。満州《まんしゅう》に軍医として派遣《はけん》され、ソ連軍によってシベリヤに抑留《よくりゅう》される。

＊お母さん（田口夕子）

昇の母。病弱だが、家族思いの優《やさ》しい母親。

＊ああちゃん（田口朝子）

昇の妹。『キュリー夫人伝』の影響《えいきょう》で、医師を目指《めざ》すようになる。

＊おばあさん（田口清子《きよこ》）

昇の祖母《そぼ》。代々続く田口医院をほこりに思う、しっかり者。

＊キミ子

群馬《ぐんま》県出身で、田口家の手伝い。田口家のために戦中、戦後と尽《つ》くす。

〔神戸の知人〕

＊**伸助《しんすけ》**（**鈴木《すずき》伸助**）

足が少し不自由だが、実家の食料品店で働き、戦中、戦後とキミ子を支え続ける。

＊**朝倉先生**（**朝倉一郎**）

浩の京都帝大《ていだい》の後輩《こうはい》で、関西学院の物理の助教授。戦争反対者であったが、『キュリー夫人伝』を昇に託《たく》して、レイテ島に出兵《しゅっぺい》する。

＊**ジェーンさん**（**ジェーン・コナーズ**）

アメリカ人で、関西学院の英語の教師。朝倉先生の恋人。戦後ＧＨＱの通訳として、再び日本を訪れる。

〔長崎の知人〕

＊**林百合子《ゆりこ》**

昇の長崎での下宿の娘。長崎医科大学附属《ふぞく》医院の看護婦《かんごふ》。原爆投下《とうか》直後から、昇と共に被爆《ひばく》患者の救護《きゅうご》にあたり、昇と将来《しょうらい》を誓《ちか》い合う仲になる。

＊**富永《とみなが》先生**

浩と京都帝大医学部の友人。長崎医科大学の放射線医学の研究者。長崎で昇の面倒《めんどう》をみる。

＊**葉子《ようこ》**（**富永葉子**）

富永先生の一人娘。昇のことを兄のように慕《した》う。

目次

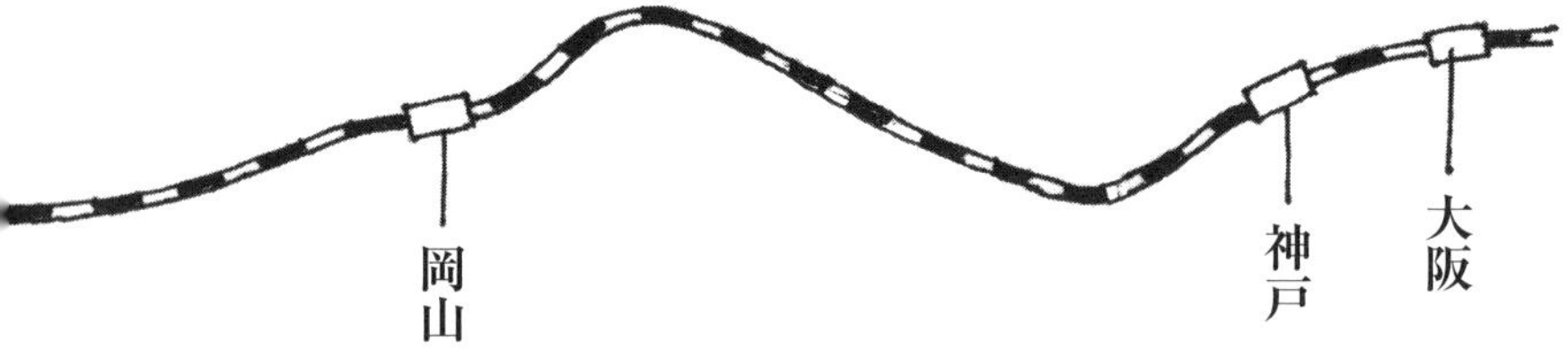

関門トンネル
下関
広島

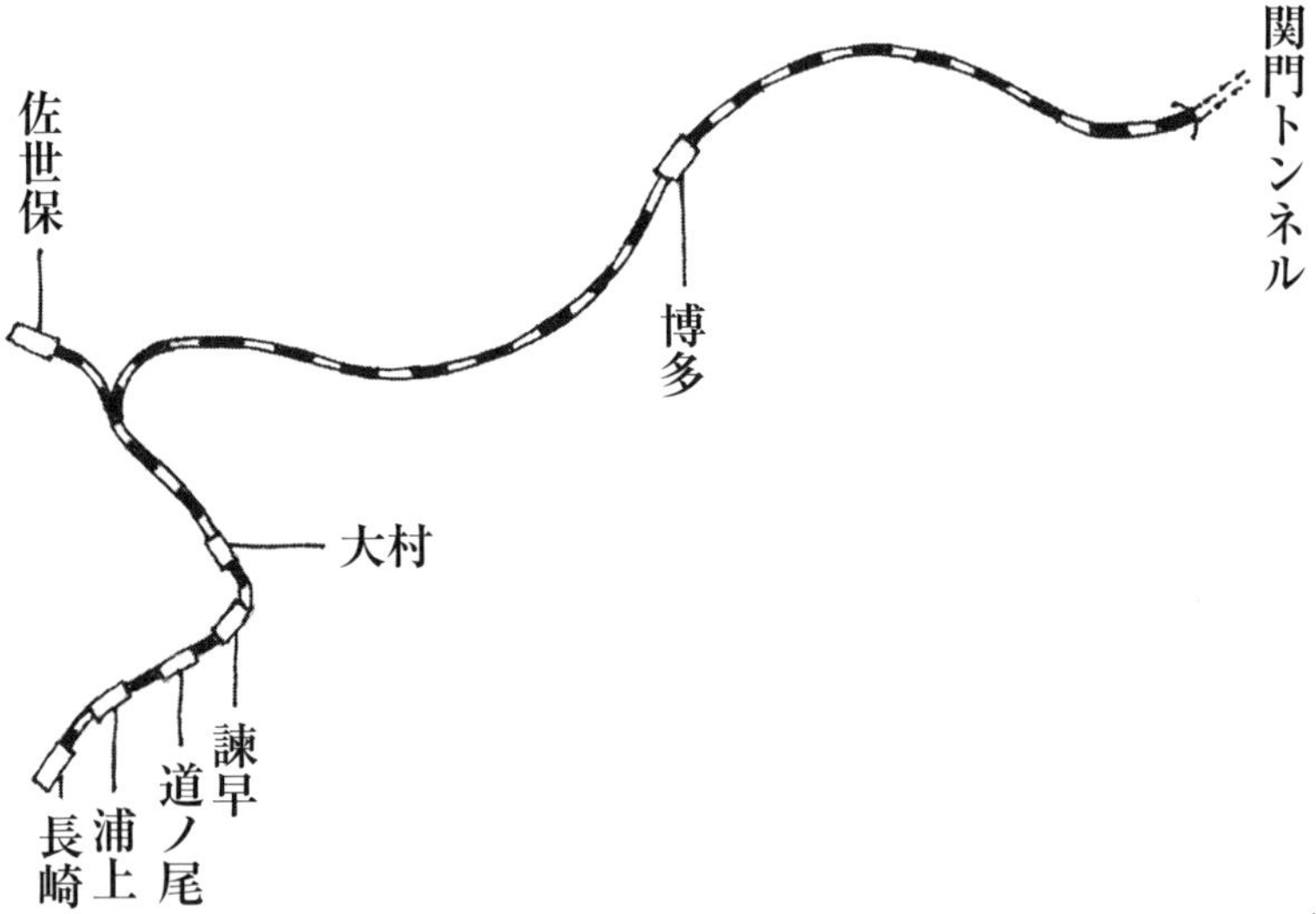
関門トンネル
博多
佐世保
大村
諫早
道ノ尾
浦上
長崎

第一章　芳《かぐわ》しき日々

一、中入学

「ああーん、ああーん」

今朝も三歳《さい》の朝子は泣いています。いつも泣いてばかりいるので、『ああちゃん』と呼ばれているのです。

「ああちゃん、起っきしたのね。じゃあ、まず洋服を着がえましょうね」

キミ子が、パジャマ姿で泣いて立っている朝子のそばに、洋服を持ってやって来ました。

「ああーん、ああーん、母さんがいない」

いつも朝子を、起こしてくれるお母さんの夕子が、今朝はいないのです。

「ああちゃん、今日は、昇《のぼる》さんの中学の入学式で、お母さんも朝早くから一緒《いっしょ》に行っているのよ。昨日、お母さんが、ああちゃんにお話ししてたでしょ」

朝子は、昨日の夕食の時のことを思い出しました。昇が中学の新品のオレンジ色に近いカーキ色の帽子《ぼうし》をかぶったまま、ニコニコ笑いながらご飯を食べていたことを。

「昇、おめでとう。よくがんばったな」

お医者さんでお父さんの浩《ひろし》も、嬉《うれ》しそうです。

「昇、明日は、入学式ね。母さんもなんだかドキドキしちゃうわ」

お母さんも、いつもより元気そうです。

「昇は、父さんの浩に似て、頭のいい子やね。田口家は、代々、この武庫郡御影町《むこぐんみかげまち》の由緒《ゆいしょ》ある医院で、昇はその大事な後継《あとつ》ぎやからね」

おばあさんの清子《きよこ》も、ほこらしげです。

そばで、キミ子はご飯の給仕《きゅうじ》をしながら、ほほ笑《え》んでいます。

昇は、神戸の御影第二尋常《じんじょう》小学校から、難関《なんかん》の神戸第一中学校に合格したのです。明日はその入学式の日なのです。

朝子は、スプーンでご飯を食べながら、家族みんなが喜んでいる様子《ようす》を、ぼんやりとながめていました。でも何だか自分のことは、忘れられているようで、だんだん寂《さび》しくなってしまいました。

「ああーん、ああーん」

突然《とつぜん》、朝子が泣き出しました。

「まあ、ああちゃん、どうしたの」

お母さんが、びっくりして朝子の顔をのぞきました。

「にいちゃんばっか」

みんなは、一瞬《いっしゅん》、顔を見合わせましたが、その場は大爆笑《だいばくしょう》になりました。

お母さんは、朝子をひざの上に座らせて、柔《やわ》らかく抱きしめました。

「ああちゃん大丈夫《だいじょうぶ》よ。みんな、ああちゃんのこと大好きなんよ」

お母さんの胸《むね》は、暖かくフンワリとしています。

「そうだぞ。ああちゃんは、我《わ》が家が待ちに待って、生まれた子なんだ」

と、お父さんがうなずきました。

昇《のぼる》は大正一二年に生まれました。しかしお母さんは、昇を生んだ後、体調が悪くなりました。そのため、知人の紹介で、群馬《ぐんま》県出身のキミ子が、家事や浩《ひろし》の診療所《しんりょうしょ》の手伝いをしてくれるようになりました。それに、おばあさんも家事をしてくれます。

そのお陰《かげ》で、お母さんはずいぶん回復してきて、昭和八年に、朝子を生むことができたのです。今、昇は一三歳《さい》で朝子は三歳ですから、十歳も離《はな》れているわけです。

「ああちゃん、明日の入学式には、きっと紅白まんじゅうがもらえるよ。おめでたいおまんじゅうを、おみやげにやるからな」

昇も、朝子の頭をなでました。朝子は段々《だんだん》と幸せな気持ちがわいてきました。満たされた中で、お母さんの言った言葉《ことば》が、ふっと風のように通り過ぎて行ってしまいました。

「ああちゃん、明日の朝は、母さんはいないけれど、お利口《りこう》にお留守番《るすばん》していてね」

お母さんの言葉は、朝子の心には残っていなかったのです。

「キミちゃん、洗濯物《せんたくもの》が干《ほ》しかけですよ。途中《とちゅう》で放《ほう》っておくなんて……。

あらあら、ああちゃん、また朝から泣いていたんかえ……。さあ、おばあちゃんと朝ご飯を食べようね」

「申し訳ございません」

キミ子は、おばあさんに深々と頭を下げました。朝子は、

（私が泣いてたから、キミちゃんが来てくれたのに、どうして謝《あやま》るのかな？）

と、不思議《ふしぎ》に思いました。それと共に、お母さんのいない朝の始まりを感じ取りました。

（母さんがいないと、こんなに寂《さび》しいんだ）


昇は、真新しいカーキ色の制服を着て帽子《ぼうし》をかぶり、白い布のカバンをたすきにかけて、七時には、お母さんと一緒《いっしょ》に家を出ました。お母さんは、薄《うす》桃色の着物に紋入《もんい》りの黒い羽織《はおり》をはおり、薄化粧をしてとてもきれいです。

阪急《はんきゅう》の御影駅《みかげえき》につくと、神戸第一中学校に一緒に合格した森君や中谷君と、そのお母さん達と会いました。

「今日は、良いお天気で良かったですね」

「また、ご一緒できまして嬉《うれ》しいですわ」

「神戸一中でも、よろしくお願いいたします」

お母さん達が、あいさつをしているそばで、少年三人は、顔を寄せ合って話します。

「同じクラスになれるといいな」

「絶対に、野球部にはいろうな」

「これからも、三人は仲間だぞ」

あずき色の阪急電車が到着《とうちゃく》しました。電車はワクワク顔の少年達を乗せて、三宮《さんのみや》に向けて走り出しました。

名門の神戸第一中学校は、ボロボロの古い木造の校舎《こうしゃ》でした。でも講堂《こうどう》はどっしりとした建物でした。白髪《はくはつ》混《ま》じりの校長先生のあいさつが始まりました。

「諸君《しょくん》、伝統あるわが校にようこそ。

諸君が、この一中での学生生活を通して、学問を極《きわ》め、身体をきたえ、精神を高めていくことを、私は心より願っております。

世は新しい昭和となり、輝《かがや》かしい日本の将来《しょうらい》が開けていくことでしょう。諸君はその先頭に立ち、日本のために貢献《こうけん》できるような人間に育ってほしいものです。

このめでたい日に、諸君の明るく照らし出された前途《ぜんと》を祝《しゅく》して、ばんざいを三唱《さんしょう》しようではありませんか」

校長先生の音頭《おんど》により、

「ばんざい」

「ばんざい」

「ばんざい」

講堂が、若く力強い声ではちきれそうです。その後、全員で校歌を歌いました。

「ぐんらんいろはむらさきに　きんぱさゆらぐちぬのうら

ひがしおおのをどうどうと　あさひこのぼるあけぼのや
きぼうのひかりかがやける　わがよのはるににたるかな……」

昇《のぼる》は、胸がジンジンと熱くなってきました。

（僕《ぼく》は、この日のことを、一生忘れない……）

田口家の台所では、キミ子とおばあさんが、昇の入学祝いの夕食のごちそう作りに大忙《おおいそが》しです。今朝早く、鈴木《すずき》商店の伸助《しんすけ》が御用聞《ごようき》きに来ました。

「キミちゃん、今日は、昇君のお祝《いわ》いだろう。新鮮《しんせん》でりっぱな鯛《たい》を仕入れといたからね。それに旬《しゅん》のタケノコもね。キヌサヤをいれるときれいから、おまけにしとくよ」

「まっさか（本当に）キヌサヤきれいね。あっ、おばあさまにおっつぁれる（しかられる）」

「キミちゃん、おれとしゃべる時は、群馬《ぐんま》の言葉でええんよ。辛《つら》いんとちゃうか?」

「あんじゃーねーよ（しんぱいないよ）、ずでー（すごく）群馬弁使ったからね」

二人は、顔を見合わせて笑いました。

伸助は、幼いころに小児麻痺《しょうにまひ》にかかり、高熱が続き命が危ない状態《じょうたい》が続きました。医者の浩《ひろし》がけん命の治療《ちりょう》をして、命は取りとめましたが、左足が少し不自由になりました。

伸助の実家の鈴木商店は、魚を中心に、野菜などの食料品も置いている大きな店です。勉強の苦手《にがて》な伸助は尋常《じんじょう》小学校を出てすぐに、店を手伝い始めました。今は、キミ子と同じ一六歳《さい》になり、店になくてはならない働き者になりました。

「伸助《しんすけ》が、こんなに元気に働けるのも田口先生のお陰《かげ》です」

町内会の会長をしている伸助の父親や伸助自身も、浩《ひろし》にいつも感謝《かんしゃ》をしています。


「ただいま」

入学式に出席していた昇《のぼる》とお母さんが、帰って来ました。

「ああちゃん、ほら約束していた紅白まんじゅうだよ。桃色は、ああちゃんや女の人、白は僕《ぼく》や男のものだよ」

「こんにちは」

朝倉先生です。朝倉先生は、西宮にあるミッション系の関西学院大学の物理の助教授です。浩《ひろし》より若くて独身です。いつも黒く丸いふちのメガネをかけています。浩と同じ京都帝大《ていだい》の後輩《こうはい》で、囲碁《いご》の友人なのです。田口家のすぐ近くに下宿していて、夕ご飯を、よく食べにやって来ます。

「これ、昇君への お祝《いわ》い」

昇が胸《むね》をときめかせて、ケースを開けると、ドイツ製のモンブランの万年筆が入っていました。

「まあ、こんな高価なものを」

と、お母さんが恐縮《きょうしゅく》しています。

「昇君、このペンでどんどん勉強してくれたまえ」

昇は、さっそくペンをインク壺《つぼ》につけて、

(朝倉先生、ありがとうございます)

と、紙に書きます。紙の上をすべるようになめらかなタッチで、字が浮かび上がりました。朝子も魔《ま》法《ほう》を見るように眺《なが》めていました。

「お食事の用意ができましたよ」

キミ子の声で、皆は、今日は座《ざ》敷《しき》の大きな机に集まりました。

「すごーい」

昇と朝子の歓声《かんせい》が上がります。

食卓《しょくたく》の上には、真ん中に大きな鯛《たい》。それにお赤飯《せきはん》に茶碗蒸《ちゃわんむ》し、タケノコとワカメとキヌサヤの煮《に》物《もの》、ごちそうがぎっしりです。

「これは、すごいごちそうですな」

朝倉先生もびっくりです。

「キミちゃんは、料理上手で、てきぱきと次から次ぎへと作ってくれてねぇ。本当に良いお手伝いさんだよ」

おばあさんの言葉《ことば》に、キミ子は、はずかしげに下を向きました。

「キミちゃん、ありがとう。それに、お母さまもありがとうございます」

体が弱く、いつもおばあさんやキミ子に助けてもらっているお母さんです。しかも今日の息子の祝い膳《ぜん》を、全《すべ》て用意してもらい、感謝《かんしゃ》の気持ちがこみ上げ涙《なみだ》ぐみました。

「さあさあ、みんな席に座って、温かい内にいただこう」

お父さんの大きな声に、昇《のぼる》のお祝《いわ》い会が始まりました。お父さんが、大きな鯛《たい》を上手《じょうず》にむしり、みんなのお皿に分けてくれました。

「乾杯《かんぱい》」

お父さんと朝倉先生は、ビールで、他の者はオレンジジュースで乾杯しました。

「昇君、これからは、放射線の時代だよ。どんどん勉強してくれたまえ」

朝倉先生は、昇を見詰《みつ》めて、話を続けます。

「一八九五年に、レントゲンが実験装置《そうち》の中で蛍光《けいこう》を発するX線を発見したんだ。彼は、このX線について『放射線の一新種』と指摘《してき》した。レントゲンの発見を基《もと》に、その翌年《よくねん》、アンリ・ベクレルが、ウラン塩から出る放射線を発見したんだよ。その後、キュリー夫妻が、放射線について、徹底的《てっていてき》に研究していくことになるんだ。このことについては、またいつか詳《くわ》しく説明してあげるからね」

今度は、お父さんが話しを継《つ》ぎます。

「じつは今、このX線が医療《いりょう》現場で注目を浴《あ》びているんだぞ。X線は多くのものを透過《とうか》するけれど、鉛《なまり》や人の骨など、透過できないものがあるんだ。その性能を生かして、多分胸部《きょうぶ》の結核《けっかく》の病巣《びょうそう》も、X線写真に写すことができるんじゃないかな」

「えーっ、すごーい。X線で、人の結核も写真に撮《と》れるようになるの？」

昇が驚《おどろ》いています。

「そうなんだ……。阪大《はんだい》医学部や陸軍病院でも、その研究が進められているんだぞ。また、京都の島津製作所《しまづせいさくしょ》も胸部X線装置の開発に、力を注いでいる。優《すぐ》れたX線装置が完成したら、一度に多くの人の結核の検診《けんしん》が、できるようになるだろうな。それに結核の広がり具合も分かるだろう。待ち遠しいことだなあ」

「僕《ぼく》、いっぱい勉強して、父さんみたいな立派《りっぱ》な医者になるんだ。完成したX線写真で、沢山《たくさん》の結核の患者さんを早く見つけて、どんどん治すよ。必ず結核を、徹底的にやっつけてやるからな」

昇の力強い言葉が、座敷《ざしき》に響《ひび》き渡りました。キミ子は、食後のみんなのお茶を入れながら、昇の輝《かがや》く瞳《ひとみ》を、まぶしそうに眺《なが》めていました。

二、結核との闘《たたか》い

「ああーん、ああーん」

今朝も、朝子が泣いています。

「ああちゃん、どうしたの」

お母さんが、駆《か》け寄って来てたずねました。

「キミちゃんが、台所で座って泣いてるんだもん」

「えっ、キミちゃんが……」

お母さんは、朝子を連れて、急いで台所に向かいました。

一方、お父さんは、診療所《しんりょうしょ》で大工の源三《げんぞう》さんと、難《むずか》しい顔をして、向き合っていました。

「源さん……奥さんは、うちの家内と同じ肋膜炎《ろくまくえん》を患《わずら》っていたけれど、どうも結核《けっかく》になってしまったみたいだね。聴診器《ちょうしんき》でも胸《むね》の雑音が大きくなっているし、血痰《けったん》も出たとのこと、それにツベルクリン反応で、はっきりと陽性だったからね。残念だけれど、これからは、療養《りょうよう》生活、つまり辛《つら》いだろうが、家族から隔離《かくり》しなければならないね」

「先生、うちのやつは、とうとう結核になってしまったんですか」

源三の肩を落とした落胆《らくたん》ぶりに、浩《ひろし》はなぐさめの言葉《ことば》も見つかりませんでした。

「うちは、まだ子どもたちが小さいし、わしも大工の仕事があるし、どうしたらいいんですかな」

「源さん、結核の一番恐《おそ》ろしいことは、その本人だけでなく、周《まわ》りへの感染力《かんせんりょく》が非常に強いことだよ。須磨《すま》の療養所に聞いてみるから、もし空いていたら、一刻も早く奥さんを入所させることだな。それまでは、子どもさんたちを、奥さんに近付けないで、源さん一人がマスクなどをして、看病《かんびょう》をしてあげなさい。手洗いうがいも欠かさないで。また、今後のことは、私も力になるから、じっくりと考えよう」

「田口先生、ありがとうございます。どうか、どうかよろしくお願いします」

源三は、浩に手を合わせて拝《おが》みました。

お母さんが、朝子と一緒《いっしょ》に台所に行くと、キミ子が台所の隅《すみ》で、手紙を握《にぎ》りしめて泣いていたのです。

「キミちゃん、どうしたの？　手紙に何か書いてあったの……」

キミ子は、涙《なみだ》を流しながら。こっくりとうなずき、かすかな声で話し始めました。

「田舎《いなか》の叔父《おじ》から手紙が来たんです。母が亡くなったそうなんです」

そこでキミ子は、両手で顔を覆《おお》いました。

「キミちゃん……」

お母さんは、キミ子を抱きしめました。

「かわいそうに……お母さんが亡くなられたのね。お葬式《そうしき》に間に合うように早く帰らなければ」

キミ子は頭を横に振《ふ》り、泣きながら話を続けました。

「母の結核は、非常に重くて隔離病棟《かくりびょうとう》に入れられていたんです。田舎では、重症患者《じゅうしょうかんじゃ》は感染力《かんせんりょく》が強いと忌《い》み嫌《きら》われ、だれも近寄りません。それでお葬式も、叔父達の手で、すでに簡単に済ませてしまったんです」

「そんな……」

お母さんは、言葉もありません。さらにキミ子は続けます。

「その上、母の治療費《ちりょうひ》や入院費がかさみ、家や土地も売り払ったというのです。私にはもう帰る家もなくなってしまったんです」

キミ子は、そこまで一気に話すと、その場につっぷして、泣き崩《くず》れました。

「まあ、何てこと。あんまり……あんまりだわ」

お母さんも、エプロンで顔を覆《おお》って、泣き出しました。それを見て、朝子もまた、

「ああーん、ああーん」

と泣き出しました。

キミ子の家の結核《けっかく》の始まりは、姉のタツ子からでした。タツ子は紡績《ぼうせき》工場で働き、寮《りょう》生活をしていました。しかし、そこで発生した大規模《だいきぼ》な結核の集団感染《かんせん》に、巻き込まれたのです。

タツ子は家に帰されて、そのタツ子から、農業をしていた父親が結核に感染しました。父親もタツ子も働けなくなり、一家は困窮《こんきゅう》しました。生活や病気の治療費《ちりょうひ》などのために、尋常《じんじょう》小学校を出たばかりのキミ子が、叔父《おじ》のつてで、遠く離《はな》れた神戸の田口家に、お手伝いとして働きに来て、家に送金していたのです。

しかし、姉タツ子も父親も結核で相次いで亡くなりました。さらに彼らの看病《かんびょう》をしていた母親も結核に犯《おか》されて、亡くなることになったのです。

昭和の初め、結核は、日本国中に蔓延《まんえん》していました。日本の全人口の二パーセントが、結核に感染

し、死亡率《りつ》も群《ぐん》を抜《ぬ》いて高かったのです。しかし慢性伝染病《まんせいでんせんびょう》の結核は、治療薬もなく、早期発見と、その患者の隔離《かくり》が一番に求められていました。

結核が、大流行したのは、産業革命後のイギリスでした。それが、世界各国に広がっていくことになります。

日本でも、明治維新《いしん》後、産業復興《ふっこう》に力をいれ、特に製糸業は要《かなめ》の産業となっていました。その紡績工場で働くタツ子のような女工《じょこう》の間で、結核は浸透《しんとう》していったのです。

「どうしたんだ、三人とも」

診察《しんさつ》を終えたお父さんが、台所で泣いているキミ子とお母さんと朝子を見つけて、驚《おどろ》いて、お母さんにたずねました。お母さんは、涙もふかないで、キミ子への手紙を、お父さんに手渡しました。お父さんは、その手紙をじっくりと読み天を仰《あお》ぐと、キミ子の方を向いて語りだしました。

「キミちゃん、辛《つら》いだろうなあ……。キミちゃんは、病気のお母さんが回復することを祈《いの》りながら、いつも一生けん命働いていたからな。そのお母さんが亡くなり、死に目にも合えなかったというのは、ひどい話だ。怒《いか》りを感じるぞ。

それに、お母さんの治療費で、家や土地も無くなってしまったんだな。

でもキミちゃんの家は、ちゃんとあるぞ。ここだ、この家だ。キミちゃんは、この家に来てから、病弱の家内《かない》を助けて家事をしてくれ、さらに時には、診療所《しんりょうしょ》も手伝ってきてくれた。キミちゃん無しでは、この家はやってこれなかったな。これからもずっと、この家で私達を助けてほしい」

「そうだよ、キミちゃんは、僕《ぼく》や、ああちゃんのお姉さんみたいなもんだよ。僕は、今までも、そしてこれからもそう思ってるよ。なあ、ああちゃん」

「うん、キミちゃんは、ああちゃんのお姉さん」

いつの間にか、学校から野球用具を下げて帰って来た昇《のぼる》が、身を乗り出すように加わり、キミ子に力強く大きな声をかけ、泣いていた朝子も笑顔《えがお》になっていました。隣《となり》の部屋にいたおばあさんも、何《なに》事《ごと》かとやって来ました。

「昇さん、ありがとう。先生、奥さま、おばあさま、ああちゃん、ありがとうございます。私は一人っきりになったのではないのですね。

このご恩《おん》は、決して忘れません。私は、田口家に役立つ人間になります。必ず……」

三、ジェーンさん

朝子が生まれる二年前の昭和六年から起こった満州事変《まんしゅうじへん》は、昭和一三年には、日中戦争へと広がっていきました。

「僕は、日本の関東軍《かんとうぐん》の満州侵略《しんりゃく》を、ずっと心配していたんですがね。国際連盟《れんめい》からも脱退《だったい》して、この不穏《ふおん》な情勢が心配ですよ」

朝倉先生が夕食前に、お父さんと囲碁《いご》をしながら、顔を曇《くも》らせて話し始めました。

お父さんも腕《うで》を組んで、難《むずか》しい顔をしています。

「ふむ……日本政府や軍は、天皇陛下《てんのうへいか》を神格化《しんかくか》して、その御名《おんな》の元、戦争を拡大しようとしているなあ。この四月からは、国家総動員法《こっかそうどういんほう》が発令されて、国民の生活にも影響《えいきょう》が出始めているんだ。結核《けっかく》の蔓延《まんえん》で、国民は苦しんでいるのに、隣《となり》の国にまで手を出すとはなあ……。今、軍隊の中でも、結核が浸透《しんとう》しているらしいよ。しかも、日本を背負う若い男女の間で、群《ぐん》を抜《ぬ》いて感染《かんせん》が広がっているんだ。何とかせんと、結核で国が滅《ほろ》びるよ」

「そうですね。戦争拡大や、結核の蔓延を何とかくい止めなければ……」

「ただいま」

昇の大きな声です。

「あっ、朝倉先生だ」

昇はカバンや野球道具を、玄関《げんかん》に放《ほう》り投げるように置くと、駆《か》け寄って来ました。

「何だ昇、朝倉先生にあいさつをせんか」

「朝倉先生、こんにちわ」

昇は、ニタニタ笑いながら、朝倉先生の顔をのぞいています。

「どうした昇君、僕の顔に何か付いているのかい？」

「へへへ、いやちがいます。僕、今朝見ちゃったんです。きれいな金髪《きんぱつ》の外人の女の人と、朝倉先生が仲良く、話しながら駅に向かって歩いているのを」

「ああ、それは、ジェーン先生のことだね。ジェーンさんは、アメリカ人で、関西学院で英語の先生をしているんだよ。最近、この御影《みかげ》に引越《ひっこ》しして来て、今朝は、一緒《いっしょ》に登校したんだよ」

「何か、映画で観《み》るような長い金髪で、すごーいきれいな人でしたよ。僕《ぼく》見とれちゃった」

「そうだね、ジェーン先生は美人だね。でもそれだけじゃないのだ。とても心の美しい人なんだ」

朝倉先生が、顔を真っ赤にして強調しました。

「ははは、朝倉君は、正直者だ。愉快《ゆかい》だ。ははは……」

お父さんが、大笑いしました。昇《のぼる》は、よくは分からなく、ぽかーんとしています。

「ようするに、朝倉君は、美人で心のきれいなジェーン先生に、ぞっこん惚《ほ》れ込んでるということだなあ」

「まあ、そういうことですかね」

朝倉先生は、照《て》れながらも、お父さんの言葉《ことば》を認めています。

「えっ？　ジェーン先生は、朝倉先生の恋人なの？」

昇が、びっくりして、たずねました。

「いや、まだ恋人というほどじゃないけどね。本当にステキな女性だと思っているよ。それに知的で、アメリカのことを色々と話してくれるんだ。

アメリカは学問や研究が盛《さか》んで、特にマサチューセッツ工科大学は、物理学では世界的に優《すぐ》れているみたいだよ。僕も、できたらそんな所で、研究ができたらなと、夢見ているんだよ」

「朝倉君、夢ではなく、ぜひ留学も考えたまえ。ジェーン先生ともよく相談してなあ。それはそうと、ジェーン先生が御影《みかげ》に引越《ひっこ》しされたんだったら……朝倉君、どうかな、ジェーン先生をうちの夕食会にお連れしては。御影の隣人《りんじん》として、仲良くさせてもらいたいよ。それに、昇には英語の勉強になるからな」

「ええっ？　英語で話すの？」

「ははは……」

お父さんと、朝倉先生が笑っていました。

次ぎの日曜日の夕方、ジェーンさんが朝倉先生に連れられて、田口家を訪れました。

昇は、ずっとぶつぶつ言いながら、座敷《ざしき》を何回もグルグル回っていましたが、チャイムの音と共に、玄関《げんかん》に飛び出しました。

「HOW DO YOU DO（初めまして）I AM GLAD TO MEET YOU（私は、あなたにお会いできて嬉《うれ》しいです）」

昇は、一気に、一生けん命暗記していた言葉を、口から発しました。ジェーンさんは、少しびっくりしたようですが、にっこり笑うと応《こた》えました。

「ジョーズデス……ヨクデキマシタ。

ハジメマシテ、ワタシ、ジェーン・コナーズデス。ドウカヨロシク」

「うわあー、何だ。ジェーンさんは、日本語がスラスラだ」

昇《のぼる》が、目を見張っています。

「ははは……」

朝倉先生も、出迎《でむか》えたお父さんやお母さんも大笑いです。

今晩も座敷机《ざしきつくえ》には、キミ子が心を込めたごちそうが並んでいます。ジェーンさんと朝倉先生を囲んで、田口家のみんなも席に着きました。

ジェーンさんは、最初、お父さんやお母さんの後ろに隠《かく》れていた朝子と、すっかり仲良しになりました。朝子は、初めて見る長い金髪《きんぱつ》に見とれながら、ジェーンさんの隣《となり》に座っています。

「オサシミ、トテモ、トテモオイシイ」

ジェーンさんが、上手《じょうず》におはしで鯛《たい》の刺身《さしみ》を口に入れて言いました。

キミ子は今朝、伸助《しんすけ》が、

「今日は、新鮮《しんせん》なお刺身《さしみ》があるよ」

と、勧《すす》めてくれたことを思い出して、嬉《うれ》しくなりました。

「ジェーンさんは、おはしの使い方が、とてもお上手ですねえ」

おばあさんが、感心しています。

「ワタシ、ニホンノタベモノ、ダイスキデス。ホントニオイシイ」

「そうなんだ、ジェーンさんは、日本の食べ物が好きで日本に来たんだね」

昇は、自分で納得《なっとく》したように言いました。ジェーンさんは、笑いながら応《こた》えました。

「タベモノダケデハアリマセン。ニホンノ、フルクカラノブンカスキデス。モットベンキョウシタイデス」

ジェーンさんの素直で真摯《しんし》な態度は、田口家のみんなの心を打ちました。

「ジェーンさん、立派《りっぱ》ですよ。朝倉君も彼女に負けず、世界に羽ばたかなければなあ」

「そうですね……。世界の科学の進歩には、目を見張ります。アインシュタインは、ノーベル物理学賞を受賞しました。彼は、ドイツで生まれましたが、ユダヤ人でしたので、スイスのチューリッヒ工科大学で学び、研究に没頭《ぼっとう》しました。彼は、平和主義者としても有名です。その彼の相対性理論《そうたいせいりろん》はすごいですね」

「えっ、相対性理論ってどんなことですか」

昇は、首をかしげて、朝倉先生にたずねました。

「詳《くわ》しい説明を、この場でするのは難《むずか》しいですが。一言《ひとこと》で言えば『エネルギーは、質量《しつりょう》と光速《こうそく》の二《に》乗《じょう》をかけたもので表わせる』ということ。まだ難しいな……そう『エネルギーと質量は比例する』ということなんです。つまり重いものほど大きなエネルギーを秘《ひ》めているということなんですよ」

朝倉先生は、汗《あせ》をふき、くもったメガネもふきながら、一生けん命説明してくれました。

でもその時の昇には、はっきりとは、分かりませんでした。ただ『重いものほど大きなエネルギーを秘めている』という解説は、頭の中に残りました。それと、アインシュタインは、平和主義者であるという言葉《ことば》も、胸《むね》に届きました。

その夜の田口家は、ジェーンさんと共に、和《なご》やかな雰囲気《ふんいき》に包まれました。

ジェーンさんはその後、朝倉先生と一緒《いっしょ》に、田口家をしばしば訪れるようになりました。ジェーンさんは、朝倉先生の名前を、

「イチロウ」

と、呼び捨てにしています。田口家の人々は、最初はびっくりしましたが、アメリカでは、親しい人の名前を、このように呼んでいるようです。

朝子は、フランス人形のようにきれいなジェーンさんに、くっ付いています。ジェーンさんは、朝子とお手玉をしたり色紙を折ったり、日本の遊びが大好きです。

でも、ジェーンさんの田口家に来る一番の目的は、料理上手《じょうず》なキミ子から、日本の料理を教えてもらうことでした。ジェーンさんとキミ子は、とても仲良くなりました。

「ジェーンさん、今日は、ユズ大根を作ってみましょうね」

キミ子の言葉に、ジェーンさんは、持ってきたエプロンのヒモをしめて、嬉《うれ》しそうにうなずきました。

「まず一番に大根は、皮をむいて短冊《たんざく》に切ります」

「タンザク？」

「ごめんなさい。説明が足りませんでしたね。大根をまず四分の一に切り、それを薄《うす》く切ります。次にそれを細く切るのですよ」

「ワカリマシタ」

ジェーンさんは、真剣《しんけん》な表情で大根を切り始めました。そのぎこちない手つきを、横で朝子も真剣な顔で見詰《みつ》めていました。


しかし、田口家にも闇《やみ》が迫っていました。世界は、戦争への道を突《つ》き進んでいたのです。昭和一四年の秋に、ヒトラーが率《ひき》いるドイツ軍が、ポーランドへの侵攻《しんこう》を開始したのに対して、イギリスとフランスは、ドイツに対して、宣戦布告《せんせんふこく》をしました。その翌年《よくねん》の昭和一五年には、日本は、ドイツとイタリアとの三国同盟《どうめい》に調印しました。

「日本は、日中戦争だけではなく、世界戦争に参戦《さんせん》していくのですね」

朝倉先生が、お父さんと囲碁《いご》をしながら心配そうです。

「ふむ……。日本の軍部は、中国だけでなく東南アジアにも侵攻しているから、それを阻止《そし》しようとする米英《べいえい》を、けん制するためにも、ドイツ、イタリアと手を組んだんだなあ……。一番心配なのは、これにより、日米《にちべい》の関係が、悪化の一途《いっと》をたどることだ」

お父さんは、腕《うで》を組んで、天を仰《あお》ぎました。

「私の勤務《きんむ》校の関西学院は、ジェーンさんを始め、アメリカ人の教師が多くいます。何とかアメリカとは、関係を改善《かいぜん》できないでしょうかねえ……」

朝倉先生は、悲痛《ひつう》な表情になっていました。

「そうだなあ……。ジェーンさんのように、日本を愛してくれている人達のためにもなあ……」

お父さんには、それ以上、朝倉先生に掛《か》ける言葉《ことば》が見つかりませんでした。

その翌年《よくねん》の四月、ジェーンさんは、関西学院のアメリカ人の教師三人と、アメリカに船で帰国することになりました。アメリカの家族などから、早期《そうき》の帰国を強く求められたのです。

ジェーンさんは、別れの日、朝倉先生と共に田口家を訪れました。

「ワタシ、ミナサンノコト、ワスレマセン」

ジェーンさんは、言葉《ことば》が続きません。

「あぁーん、あぁーん」

朝子も、久しぶりに声を出して泣いています。ジェーンさんは朝子の方を向くと、バックの中から、長い金髪《きんぱつ》の西洋人形を取り出しました。

「アアチャン、コノニンギョウ、コドモノトキカラ、タイセツニシテマシタ。コレ、プレゼント。カワイガッテクダサイ」

「ジェーンさんに、そっくりだわ。ジェーンちゃんって呼ぶわ」

人形の頭をなでている朝子を、ジェーンさんは抱きしめました。

「ジェーンさん、また世界が平和になったら、日本に来てください。待ってますからなあ……」

お父さんの言葉に、ジェーンさんは深くうなずきました。

朝倉先生は、神戸港から発つジェーンさんを見送りに、一緒《いっしょ》に行きました。二人は、別れを胸《むね》に抱《いだ》きながら、肩を寄せ合って歩きます。その上に薄桃色《うすももいろ》の桜の花びらが、

（さよなら……さよなら……さよなら……）

と、舞い散っています。

第二章　暗雲《あんうん》の下で

一、太平洋戦争

ジェーンさんが日本を去った直後、昇《のぼる》は神戸一中から大阪の浪速《なにわ》高等学校の理科に入学しました。

朝子は、この四月に、尋常《じんじょう》小学校から、名前が変更された国民学校の二年生になりました。

昇は、最初は、お父さんと同じ京都帝大《ていだい》の医学部に進むために、まず第三高等学校入学を目指《めざ》して、一生けん命受験勉強をしていました。でも、お父さんの提案《ていあん》で、進路を変更《へんこう》しました。

昨年の夏の夕食後、昇は、お父さんの書斎《しょさい》に呼ばれました。

「父さんは、現在の不穏《ふおん》な世界情勢の中で、昇に一刻《いっこく》も早く医師となれる道をと、思案《しあん》していたんだ。そんな折《おり》、父さんの医学部の同期で、ウィーンで放射線医学の勉強をしてきた富永《とみなが》医師から、『長崎医科大学で教えている』と連絡《れんらく》があった。父さんが昇の進学のことを相談すると、長崎医科大学を受験してはと言ってきてくれた。この大学なら、近くの高等学校で三年勉強したら受験ができる。しかも今の医学の先端《せんたん》をいく放射線医学も進んでいるようだ。どうだ昇、長崎医科大学を目指さないか?」

昇は、お父さんの目を見詰《みつ》めたまま、即答《そくとう》しました。

「僕《ぼく》、長崎医科大学で学びたいです。僕は早く立派《りっぱ》なお医者さんになりたいです。放射線の勉強をして、レントゲンで多くの結核《けっかく》の患者さんを見つけて、治して、日本から結核を無くしたいのです。キミちゃん一家のような悲しいことが起こらないように」

「昇、えらいぞ。父さんは、昇のことを、頼《たの》もしく思うぞ。今、劣悪《れつあく》な環境の軍隊で、結核が一番蔓延《まんえん》している。戦争どころではない状態《じょうたい》で心配だ。それに加えて、医師も不足している。昇が早く医師になることは、日本の国のためにもなるんだ。

高等学校は、大阪の浪速高等学校の理科で良いだろう。来年二月の試験に向けて、今まで通り、受験勉強に精《せい》を出すのだぞ。富永先生には、手紙でよく頼《たの》んでおくからな」

昇は、お父さんから目をそらさずに、しっかりとうなずきました。

それから半年後、昇は浪速高等学校の理科に合格して、四月に入学したのです。神戸一中で一緒《いっしょ》だった親友の森君と中谷君も、同じ高等学校の文科に入学しました。一八歳に成長した仲良し三人組が、また同じ学校に通えるのです。

でも昇は、神戸一中に入学した時のような晴れやかな気持ちには、なれませんでした。浪速高等学校の講堂の正面には、天皇陛下《てんのうへいか》の大きな写真が飾《かざ》られ、その下で、いかめしい顔の校長先生が、厳《きび》しい口調で入学のあいさつを始めました。

「我々《われわれ》日本民族は、神である天皇陛下を奉《たてまつ》り、その元で、聖戦《せいせん》である日中戦争に勝利しなければならぬ。その為《ため》にも、それを担《にな》う若き諸君達《しょくんたち》は、皇国民《こうこくみん》の自覚《じかく》を常に持ち、学業や身体の鍛錬《たんれん》に日々励《はげ》み、一命をかけて、天皇陛下のお役に立つ人間とならねばならないのである……」

昇は延々《えんえん》と続く校長先生の訓示《くんじ》を聞きながら、神戸一中に入学した時の、校長先生の未来に広がる夢や希望に満ちた言葉《ことば》との、大きな隔《へだ》たりに、真っ黒な不安が心を覆《おお》っていきました。

「天皇陛下《てんのうへいか》ばんざい」
「天皇陛下ばんざい」
「天皇陛下ばんざい」
浪速《なにわ》高等学校の講堂に、ばんざい三唱《さんしょう》の声が、重々しくとどろきました。

家でのお祝《いわ》い会も、鈴木《すずき》商店の伸助《しんすけ》が、奔走《ほんそう》してくれましたが、鯛《たい》は手に入りません。何とか手に入れてくれた小豆《あずき》で、キミ子がお赤飯《せきはん》を作ってくれました。そのお米も四月一日から配給制で、節約《せつやく》しなければならなくなっていました。

日中戦争の拡大により、若者は軍の兵隊に駆《か》り出されて、農業労働力が不足し、化学肥料《ひりょう》の減少《げんしょう》などにより、農業生産力が急激《きゅうげき》に低下していました。さらに一九三九年の干《かん》ばつのため、米を始めとする食料品の不足が、日本の深刻《しんこく》な問題となっているのです。まず、米は配給制となり、それに続き、木炭、酒、塩、みそ、醤油《しょうゆ》、衣料品と、さなざまな日用品が配給制になっていきました。

田口家の食卓《しょくたく》も、キミ子が配給キップを手に長い行列に並んで、やっと手に入れた食料品で何とか日々をしのぐようになりました。でも伸助が、内密に入手した牛肉などをキミ子に差し入れてくれた日には、久しぶりに、すき焼きなどのごちそうにありつけました。

「うわーい、すき焼きだ」
昇《のぼる》と朝子の歓声《かんせい》が、あがります。

朝子は、家の中では、いつもジェーンさんからもらった西洋人形を離《はな》しません。

「ジェーンちゃん、ジェーンちゃん」

と呼んで、金髪《きんぱつ》をなでながら可愛《かわい》がっています。でもお母さんから、

「ああちゃん、ジェーンちゃんを、外に持っていったり、よその人に見せてはいけませんよ」

と、言われています。朝子は人形に話しかけます。

「ジェーンちゃん、今は辛《つら》いけど、またお外にも行ける日が来るからね……。それまで私と待ってましょうね」

その言葉《ことば》は、朝子自身にも言い聞かせているものでした。

「大本営《だいほんえい》海軍部午前六時発表、帝国《ていこく》陸海軍は本八日未明西太平洋において米英軍《べいえいぐん》と戦闘状態《せんとうじょうたい》に入れり」

昭和一六年一二月八日の朝七時に、ラジオの臨時《りんじ》ニュースが流れました。田口家の一家は、そろって朝食を食べている時でした。

「いよいよ、日本はアメリカとも開戦したんだなあ……」

お父さんは、ため息まじりにつぶやき、おはしを置いて、天を仰《あお》ぎました。

「えっ？　どこで、アメリカと戦争になったの？」

「ふむ……。まだ詳《くわ》しい発表はないが、その内分かるだろう」

「ああーん、ああーん。アメリカと戦うなんていや。ジェーンちゃんがかわいそう」

朝子が、西洋人形のジェーンちゃんを抱きしめながら、泣き出しました。

お母さんも、おばあさんも、キミ子もみんな朝ご飯を食べるのをやめて、下を向いています。

午前一一時半のニュースでは、ハワイの奇襲《きしゅう》作戦とシンガポール爆撃《ばくげき》の成功が報《ほう》じられました。

二、朝倉先生と『キュリー夫人伝』

昭和一七年の田口家のお正月には、朝倉先生や田口家全員がそろいました。キミ子が、伸助《しんすけ》が何とか手に入れてくれた材料で、つつましいお正月料理を用意してくれました。

でも、重苦しい雰囲気《ふんいき》が漂っていました。昨年末、日本がアメリカのハワイを奇襲攻撃《こうげき》して、太平洋戦争が始まったのです。

「なぜ、なぜなんだ……。日本国民は、こんな無謀《むぼう》な戦争を許すのだ」

沈黙《ちんもく》を破《やぶ》って、朝倉先生が悲痛《ひつう》な叫《さけ》びのような言葉《ことば》を発しました。

「ふむ……。大正末期に制定された治安維持法《ちあんいじほう》が、昨年さらに厳《きび》しく改定され、戦争反対者や共産主義者には、極刑《きょっけい》が下《くだ》されることとなった。さらに戦争に対する国家総動員法《こっかそうどういんほう》により、日本国民は一《いち》丸《がん》となって、天皇陛下《てんのうへいか》のために命をかけて、この戦争の勝利のために戦うことが義務《ぎむ》づけられているのだ。

朝倉君、納得《なっとく》できないだろうが……。私達以外には、そのようなことを言ってはだめだよ」

昇《のぼる》も朝子も、自分達が気がつかない間に、日本が引き返すことができない恐《おそ》ろしい状態に陥《おちい》っていて、最早《もはや》、それを正すことは、不可能になっていることを知ったのです。

「今は、日本軍が勝利をし続けているようだ。この勝利の内に、一刻《いっこく》も早く戦争が終わることを祈《いの》るばかりだなあ」

お父さんの言葉をさえぎるように、朝倉先生はつぶやきました。

「アメリカは、そんなに甘くはないですよ……」

その年の四月の初めに、朝倉先生に召集令状《しょうしゅうれいじょう》が届きました。朝倉先生はその赤い紙を持って、田口家を訪れました。

「軍への入隊令状がきました。田口先生が言われていたように、拒否《きょひ》はできません。自分の意思に反することですが、仕方がありません」

朝倉先生は、うなだれていました。

「そうか……。朝倉君の所に、赤紙《あかがみ》がもう来たのか。しばらくは、国内で訓練を受けて、外地《がいち》に派遣《はけん》されるかもしれないなあ。軍隊の生活は劣悪《れつあく》だから、結核《けっかく》などにかからないように健康《けんこう》に気をつけるんだよ。それから……一番大切なことは……大切なことは、死ぬなよ。生きて元気に帰ってくるんだぞ」

お父さんは、朝倉先生の手を強く握《にぎ》って、励《はげ》ましました。

「田口先生、ありがとうございます。必ず生きて帰ります」

朝倉先生は、メガネの奥で涙を浮かべて、お父さんの手を握《にぎ》り返しました。

その様子《ようす》を、昇《のぼる》と朝子はぼう然と眺《なが》めていましたが、朝倉先生は、二人に向き直ると、一冊の赤い本をかばんから取り出しました。

「この本は、『キュリー夫人伝』で、キュリー夫人の娘のエーヴ・キュリーが母親の研究や生涯《しょうがい》を書いた優《すぐ》れた作品なんだ。昭和一三年にフランスで刊行《かんこう》されて、その年の秋には、日本語にも翻訳《ほんやく》され、出版されたんだ。

僕《ぼく》は、すぐに買い求めたが、キュリー夫人とその夫ピエールの研究が詳《くわ》しく表わされていて、僕の愛読書となり、大学の講義《こうぎ》でも参考にして、大切にしてきた本なんだよ。

今は、もう手に入らないと思うから、この本を、昇君にプレゼントするよ。新しい放射線のことが良く分かる本だから、昇くん、これを読んで、しっかり勉強してくれたまえ。そしてああちゃんにも、教えてやって欲《ほ》しいな」

昇は、朝倉先生からの真っ赤な表紙の『キュリー夫人伝』を、しっかりと受け留《と》めると、深くうなずきました。

「朝倉先生ありがとうございます。僕はこの本を大切によく読んで、放射線のことを一生けん命勉強します。ああちゃんにも教えてあげます。でも朝倉先生が帰って来られたら、この本は返します。本と一緒《いっしょ》に朝倉先生の帰りを待っています」

昇の横にいた朝子は、

「赤くてきれいな本……」

と、つぶやきながら、『キュリー夫人伝』をなでていました。

朝倉先生は、この本を残して、郷里《きょうり》の両親に会いに帰り、そこから丹波《たんば》の陸軍に入隊しました。その後、朝倉先生から、

(外地《がいち》に出兵することになりました)

という簡単な内容の手紙が届きました。朝倉先生はフィリピンのレイテ島に行くのですが、その場所は記されていませんでした。

しかも先生の思いも、表わされていません。軍の検閲《けんえつ》があるので、書けなかったのでしょう。先生は、本当は田口家のみんなに、こう、伝えたかったのではないでしょうか。

(僕は、こんな納得《なっとく》できない戦争で、死ぬのはいやです。必ず生きて帰ります)

昇は、朝倉先生から手渡された『キュリー夫人伝』を、毎日、じっくりと読み、朝子にも内容を、次ぎのように分かりやすく説明しています。

キュリー夫妻は、一八九七年に、アンリ・ベクレルのウラン鉱《こう》から放射線が出ているという発見に、注目しました。アンリ・ベクレルは、その前年に、レントゲンが発見した放射線の一種のX線を基《もと》に、研究をしていたのです。

キュリー夫妻《ふさい》は、この放射線は、どのような性質を持っているのかを調べました。また、ウランだ

けでなく、トリウムも放射線を放つことを発見します。このウランやトリウムのような元素《げんそ》を、放射線元素と名づけました。

さらに、これらには、わずかではありますが、強力な放射性物質が含まれていることを突き止めます。夫妻は苦労の末に、この強力な放射性物質を取り出すことに成功して、その新元素をラジウムと呼びました。これは、大量の放射能を持っているのです。

キュリー夫妻は、放射能の研究で、一九〇三年に、二人そろってノーベル物理学賞が授与《じゅよ》されることになりました。しかし、二人とも、体調不良のために、授賞式には出席しませんでした。

二年後、体調が回復した夫ピエールは、ノーベル賞受賞の記念講演《こうえん》を、ストックホルムで行いました。キュリー夫人は、その講演に客席で、耳を傾《かたむ》けました。

ピエールは、ラジウムが人類の『知』を豊かにし、『善』に役立つことを願いました。しかし、それが『悪』に役立つことにならないかを、非常に危惧《きぐ》して、講演の最後を、次ぎのように締《し》めくくりました。

「また、犯罪者の手にわたれば、ラジウムはひじょうに危険なものになると考えることもできるのです。この点においてわれわれは、おおいなる自然の秘密《ひみつ》を知ることが、人類にとって、はたしてよいことなのか、それを活用できるほど人類は成熟《せいじゅく》しているのか、その知識がかえって災《わざわ》いになることはないのかと、自問しうるのです……。諸国民《しょこくみん》を戦争に引きずりこむ大犯罪者たちの手にわたれば、とてつもない破壊《はかい》の手段《しゅだん》にもなるのです……」

昇《のぼる》は、何度もこの本を読み返していますが、分からないところがたくさんあります。朝子は昇が、一生けん命に解説してくれますが、難《むずか》しすぎます。

でも、夫ピエールのノーベル賞記念講演での、

「諸国民を戦争にひきずりこむ大犯罪者たちの手にわたれば、とてつもない破壊の手段にもなるのです」

という、最後の言葉《ことば》は、昇も朝子も大きく心を動かされました。さらに、今起こっている戦争でも、『大犯罪者』の手に、ラジウムなどの放射能物質が渡ったら、どんなに恐ろしいことが起こるのかと、不安で胸《むね》が一杯になりました。

しかし、ピエールはこの素晴らしい講演の翌年《よくねん》、不慮《ふりょ》の交通事故で亡くなります。仲むつまじく、研究の同志《どうし》であった夫妻でしたので、キュリー夫人は、失意の底に陥《おちい》りました。

でも、亡き夫ピエールが願っていたラジウムを、『善』に役立つことに没頭《ぼっとう》するようになりました。『ラジウム療法』により、皮膚の傷や、ガンの治療などに活用するようになったのです。

一九一一年、キュリー夫人は、さらなる活躍《かつやく》で、再度ノーベル化学賞を受賞します。

しかし、キュリー夫人は、夫妻で発見したラジウムなどの、長年にわたる放射線の蓄積《ちくせき》により、体を蝕《むしば》まれていくのです。

一九三九年七月四日、キュリー夫人は、放射線障害による白血病で亡くなりました。

昇《のぼる》は、この『キュリー夫人伝』を繰《く》り返し読み、放射線が医学に非常に役立つことと、その反面、使い方によっては、恐《おそ》ろしいものとなることを、ぼんやりと分かりました。

一方朝子は、キュリー夫人が生涯《しょうがい》をかけて研究した放射線については、まだ難《むずか》しくて、よく分かりませんでしたが、キュリー夫人が二回もノーベル賞を受賞したことに、心から感動しました。

（女の人でも、努力して勉強したら、立派《りっぱ》な人間になれるんだわ。人を助けるのには、昇兄ちゃんが目指《めざ》しているお医者さんがいいのかな）

朝倉先生が残した『キュリー夫人伝』は、昇と朝子、それぞれの心に、異なる大きな余韻《よいん》を与えました。

三、お父さんの出征《しゅっせい》

朝倉先生が、フィリピンのレイテ島に、出兵したしばらく後の昭和一七年六月五日、日本軍は太平洋のミッドウェー島沖で、アメリカとの海戦で、空母四隻《せき》を失う大敗北となったのです。

日本軍の大本営《だいほんえい》は、一隻の損失と、国民には発表しました。しかしこの敗北は、日本国民に大きな不安をもたらすことになります。

「ふむ……。今まで日本軍が勝ち進んできたが……。朝倉君の言った通り、アメリカは、そんなに甘くはないな」

田口家でも、お父さんが、天を仰《あお》いでいました。

この海戦での敗北の翌月《よくげつ》、お父さんにも満州《まんしゅう》への軍医としての召集令状《しょうしゅうれいじょう》が届いたのです。

「こんな、五〇代の年寄りにも、赤紙《あかがみ》が来るとはなあ」

お父さんは、大きなため息をついています。

「そんな……お父さんまで招集されるなんて」

お母さんやおばあさんは、おろおろするばかりです。昇は、自分がしっかりしないとと思います。

「満州では、負傷者が続出しているらしい。軍医が足りないのだろう。

まあ、軍医は、前線で戦うことはないだろうから、そんなに取り乱すな」

お父さんは、家族と自分を落ち着かせようと、言い含めます。


「田口先生、ばんざい」

町内会長である伸助《しんすけ》の父親が、音頭《おんど》を取りました。

「田口先生、ばんざい」

「田口先生、ばんざい」

「田口先生、ばんざい」

浩《ひろし》によって、病気を治してもらった人や命を助けられた人など、たくさんの町内会の人々の熱い声が、七月の青空に湧《わ》き上がりました。

おばあさんの清子《きよこ》は、台所の片隅《かたすみ》でそっと泣いています。朝子は、もう泣けなくなりました。

「みなさん、ありがとう。留守中《るすちゅう》の家族を、よろしくお願いします」

お父さんは、最後の最後まで、家族のことを気にかけています。

キミ子は、その浩《ひろし》に誓《ちか》います。

(先生、私が必ずお守りします)


お父さんが出征《しゅっせい》した翌月《よくげつ》の八月七日、日本が占領《せんりょう》していた南太平洋のガダルカナル島とツラギ島に、アメリカ軍が上陸して、激《はげ》しい戦いが繰り広げられました。日本の大本営《だいほんえい》は、援軍《えんぐん》を二回送りましたが、ツラギ島は、全滅《ぜんめつ》しました。ガダルカナル島でも日本軍は、アメリカ軍に追い詰《つ》められていき、ジャングルの中で、飢《う》えとマラリヤや赤痢《せきり》に苦しみながら死んでいきました。

翌年《よくねん》の昭和一八年二月には、日本軍はガダルカナル島で敗北して、撤退《てったい》しました。日本軍の死者約二万四千人の内、餓死《がし》、病死は一万五千人にものぼるという悲惨《ひさん》なこととなりました。


このガダルカナル島での敗北を機《き》に、日本の戦局は、悪化の途《と》をたどります。四月一八日には、南部太平洋沖で山本五十六《いそろく》連合艦隊《かんたい》司令長官を乗せた飛行機が撃墜《げきつい》され、日本の要《かなめ》であった司令官が戦死しました。さらに、五月二九日には、北部太平洋のアッツ島で、日本軍が全滅したのです。

これらの敗北により、日本国民の生活も、困窮《こんきゅう》していきます。食料、衣類など日用品は、すべて配給制になり、衣服も男性は国防服、女性はもんぺを着用するように決められました。

お父さんが満州《まんしゅう》に出征《しゅっせい》した田口家では、元々体の弱かったお母さんの夕子が、心労《しんろう》から床《とこ》に伏せる日が多くなりました。おばあさんの清子《きよこ》も、歳《とし》をとり、さらに一人息子である浩が戦地に行っていることが心配で、元気がありません。

そんなおばあさんやお母さんが目を輝《かがや》かすのは、お父さんから、月に一回位の手紙が届いた時です。

(皆、元気にしているか。こちらは、軍隊の負傷者が多く、毎日忙《いそが》しく働いている。有難《ありがた》いことに、食べ物は内地より豊富で、助かっている。この食料を留守家族にも、分け与えられればとよく思う。キミちゃん、大変だろうが、家族のことを頼《たの》む)

キミ子は、その浩の思いを受け止めて、毎日、配給キップを手に、食料を求めて奔走《ほんそう》しています。

足が悪くて、召集《しょうしゅう》を逃れている伸助《しんすけ》は、そのキミ子を陰《かげ》で支えます。

「キミちゃん、今日は、卵とうどんが手に入ったよ」

「伸ちゃん、いつも本当にありがとう。助かるわ」

伸助は、だんだんキミ子の喜ぶ顔を見ることが、自分の喜びとなっていきました。

その日の田口家の夕食には、伸助の思いが込められた温かい卵うどんが、キミ子が庭で育てている野菜の煮《に》つけと共に並びました。

「うわあー卵うどんだ。美味《おい》しそう」

育ち盛りの、昇《のぼる》と朝子が歓声《かんせい》をあげて、嬉《うれ》しそうです。

「本当に、キミちゃんのお陰で、私達は何とか生活ができているわ。キミちゃん、ありがとうね」

お母さんは、いつも心からキミ子に感謝《かんしゃ》しています。おばあさんは、口にはあまり出しませんが、お母さんと同じ気持ちです。

（先生、私が田口家のみんなを守りますからね……）

キミ子は、浩《ひろし》に誓《ちか》ったことを、いつも胸《むね》の中で大切にしています。

そのような日々が続く一〇月の始め、昇《のぼる》がうなだれて、学校から帰ってきました。その様子を、目ざとく見つけたキミ子は、昇にたずねました。

「昇さん、どうしたの？　何かあったの？」

昇は、しばらく下を向いていましたが、顔を上げた目には、涙《なみだ》が光っていました。

「僕《ぼく》の昔からの親友で、一緒《いっしょ》に、同じ学校に通っている森君と中谷君が召集《しょうしゅう》されるんだ。学徒出陣《がくとしゅつじん》といってね、文科の大学生や高等学校生が、徴兵《ちょうへい》となるんだ。僕は、理科だから免《まぬが》れたんだが。親友達が戦いに行くのに……。僕は、卑怯者《ひきょうもの》と思われるのはいやだ」

「昇さん、辛《つら》いわね。でもお父さんとの約束を、思い出してね。昇さんは、立派《りっぱ》なお医者さんになって、日本の国の人達を助けるという大切な役目が待っていることを……。卑怯者ではありませんよ。そんなこと思ってはいけません」

キミ子は、自分でも驚《おどろ》くほど、力強くまた厳《きび》しく昇を諭《さと》しました。

その週の日曜日、昇はキミ子と共に、三宮《さんのみや》の東遊園地のラクビー場で行われた学徒出陣の壮行会《そうこうかい》に行き、森君と中谷君を見送りました。

（森君、中谷君、戦争が終わったら……。また野球やろうな……）

第三章　長崎医科大へ

長崎医科大学および附属医院全景（昭和３年）（長崎大学附属図書館医学分館所蔵）

一、長崎へ

昭和一九年のお正月が明けて間もなく、昇《のぼる》は長崎医科大学の試験を受けるために、国鉄《こくてつ》で長崎に行くことになりました。昭和一七年に、本州の下関《しものせき》と九州の門司《もじ》を結ぶ海底トンネルが完成して、鉄道だけで行くことできるようになったのです。

「昇、長い列車の旅だから、気を付けて行くのよ。一人で大丈夫《だいじょうぶ》かい」

お母さんや、おばあさんは、心配そうです。

「昇さん、はいお弁当と水筒《すいとう》。今は寒い時期だから、食べ物大丈夫と思うから、お昼と夜の二食分のお弁当入れてます。列車の中で食べてね。私も一緒《いっしょ》に行かなくても、本当にいいのね」

キミ子もやはり、心配そうです。

「いやだなー。僕《ぼく》はもう二一歳《さい》になるのですよ。朝子みたいな子どもじゃありません。一人でちゃんと行けますよ。それよりキミちゃん、僕合格したら、そのまま長崎で医科大学に通うことになると思います。僕はこの家にしばらく戻《もど》りません。

夏休みにでも帰省《きせい》できたらいいのだけど。僕の留守中《るすちゅう》、どうか家族のこと、よろしくお願いします」

「昇さん、家のことは、心配しないで……。それより長崎医科大学の試験は必ず合格して、先生が言われていたように、立派《りっぱ》なお医者さんになれるように、勉強に励《はげ》んで下さいね」

二人は目と目を合わせて、うなずき合いました。

もうすぐ、国民学校の五年生になる朝子は、ちょっと不満気《ふまんげ》に昇を見上げていますが、お母さんやおばあさんは、昇がたくましい青年に成長したことを実感しました。それと共に、昇が合格したら、当分家には帰って来れないことを覚悟《かくご》していました。

昇はお弁当二つをかばんに入れると、水筒を掛《か》けて元気よく出発しました。みんなは、昇が見えなくなるまで、手を振《ふ》り続けました。お母さんは昇の姿が見えなくなっても、その場に立ち尽《つ》くしていました。

神戸から長崎までは、丸一日がかりの長旅となりました。昇は朝七時三ノ宮《さんのみや》発の国鉄に乗り、翌日《よくじつ》の朝七時頃に、やっと長崎医科大学のある浦上《うらかみ》に到着《とうちゃく》しました。その時、目の前に広がった浦上の街《まち》の光景《こうけい》を、昇は忘れることはないでしょう。

金比羅山《こんぴらさん》のふもとの丘には、赤いレンガ造りの、オシャレで立派《りっぱ》な浦上天主堂が浦上の街を抱《いだ》くようにそびえ、その下に人々が住む家々が肩を寄せ合って並んでいます。どの家にも、ツバキのきれいなピンクや赤い花が咲いています。

（美しい……。外国に来たような感じだ）

昇は、その景色に見とれていましたが、浦上天主堂の南側に目をやると、そこには、長崎医科大学と思われる建物がありました。

（僕は、こんな美しい街で学べるのだ。絶対合格してみせるぞ）

「おはようございます。僕は田口昇です。富永《とみなが》先生を訪《たず》ねて参《まい》りました」

昇《のぼる》は、浦上天主堂《うらかみてんしゅどう》のすぐ下にある富永《とみなが》先生の家の門をたたき、大声で名のりました。

家の奥から、先生の奥さんらしい女性が、出て来ました。

「まあ、昇さん。お待ちしとりました。主人もおりますばい。ばってん（でも）長旅で、さぞお疲れになったやろ」

奥さんは、笑顔で昇を迎《むか》えてくれました。でも昇は、初めて聞く奥さんの長崎弁に、少し驚《おどろ》きました。

「よう、昇君だね。よく来た、よく来た。さあ、上にあがれよ」

富永先生も、ニコニコ笑いながら、玄関《げんかん》に出てきました。その後ろには、可愛《かわい》い女の子が、顔をのぞかせています。

「昇さん、朝ご飯はまだね。私達も今からですばい。一緒《いっしょ》に食べんね」

「はい、ありがとうございます。僕《ぼく》は、お腹《なか》がすごく減りました」

「ははは、昇君は、じつに素直《すなお》な青年だ。気に入った」

と、富永先生は笑いました。昇は、思ったことをすぐに口に出してしまうのです。

食卓《しょくたく》に並んだ朝ご飯は、麦飯とサツマイモの味噌汁《みそしる》と大根の煮《に》つけと、やはり質素《しっそ》ではありましたが、奥さんが育てているサツマイモや大根は、とても昇には美味《おい》しく思えました。

昇は、お腹が落ち着くと、隣《となり》で食べている可愛い女の子にたずねました。

「お名前は何と言うのですか？　それに何年生ですか？」

女の子は、顔を上げると、小声で応《こた》えました。

「葉子《ようこ》です。もうすぐ山里《やまざと》国民学校の五年生になります」

「えっ？　じゃあ葉子ちゃんは、僕の妹の朝子と、同じ歳《とし》だね」

昇は、神戸にいる妹、朝子のことを、しみじみと思い起こしました。

朝食後、昇は、富永先生の書斎《しょさい》に呼ばれました。先生の机の上には、お父さんが出征《しゅっせい》直前に、富永先生へと書いた手紙が置かれていました。

「昇君、お父さんの田口先生からの手紙を読んだよ。お父さんは満州派遣《まんしゅうはけん》が決まり、ご自分が留守《るす》の間の昇君のことを、とても気に掛《か》けられている。父親の息子への愛情が伝わってくるよ。お父さんが出征《しゅっせい》されている間は、私を父親代わりに、頼《たよ》ってくれたまえ」

昇は、お父さんが、こんなに自分のことを思っていてくれることに、胸《むね》が一杯になると共に、富永先生の好意を、心より嬉《うれ》しく思いました。

「富永先生、ありがとうございます。先生どうかよろしくお願いします。まずは、明後日の長崎医科大学の試験に、全力を尽《つ》くします」

「そうだ。必ず合格するようにな。お父さんも望んでおられることだからな。試験に向けて、この書斎で勉強したまえ。寝《ね》るのもここでな。合格発表は試験後、一週間後にある。それまでこの書斎を使いたまえ。

本来なら、その後も、我《わ》が家で生活してもらうのが一番なんだが、何しろ手狭《てぜま》で、昇君に個室を提供することができないんだ。

町内の近くに、松山町の会長をしている林大造《だいぞう》さんの家がある。その奥さんの良子《よしこ》さんと家内の広子は、従妹《いとこ》同士で姉妹のように仲がいいんだ。

今は、良子さんと娘さんの三人暮しだが、娘の百合子《ゆりこ》さんは、神戸の看護《かんご》学校を出て、今は長崎医科大の看護婦をしているよ。その林さんが、昇《のぼる》君の下宿を引き受けてくれることになったんだ。神戸で学んだ百合子さんとは、話が合うだろうし、長崎医科大のことも、色々教えてもらえると思うんだ」

「富永《とみなが》先生、お心づかい、本当に感謝《かんしゃ》いたします」

昇は、お父さんが、富永先生のことを、親友として信頼《しんらい》していたことが、今よく分かったのです。

昇は、富永先生一家のお陰《かげ》で、無事試験を終え、長崎医科大学に合格することができました。

入学式は、先生や生徒もみんなカーキ色の国民服を着た簡素《かんそ》なものでした。来賓《らいひん》軍人などのあいさつの後、角尾晋《つのおすすむ》学長による祝辞《しゅくじ》が述べられました。

「諸君《しょくん》、長崎医科大学への入学おめでとう。医師とは、人の病や命を救うために、自分の持てる力を傾《かたむ》けて、尽《つ》くし続ける者のことである。その道は、並大抵《なみたいてい》のものではない。しかし諸君は、あえてその道を志《こころざ》したのである。その志は尊い。今の気持ちを、生涯《しょうがい》忘れないで欲《ほ》しい。諸君に栄光あれ」

何と素晴らしい、医師の覚悟《かくご》を示した言葉《ことば》でしょうか。昇の心は感動で震《ふる》えました。軍人も招かれ

長崎医科大学附属医院（被爆前）
（長崎原爆資料館所蔵）

ていたのですが、戦争のことには一切触《ふ》れていません。ただ一筋《ひとすじ》に、医師の道を照らし出したのです。昇は、角尾学長を代表とする長崎医科大学で学べることを、ほこりに思いました。

合格の日、富永家では、昇のお祝《いわ》い会が開かれました。そこには、これから下宿でお世話になる林一家も招待《しょうたい》されていたのです。

「大造さん、僕《ぼく》の親友の息子さんの田口昇君です。この度《たび》、長崎医科大にめでたく合格しました。この四月から四年間、長崎医科大で学びますので、どうかお世話をよろしく頼《たの》みます。昇君は、非常に素直《すなお》な良き青年ですからね」

「富永先生、ご心配せんで良かと、おいが一生けん命お世話ばしますばい」

「大造《だいぞう》さん、ありがとう」

富永《とみなが》先生に続き、昇《のぼる》も緊張《きんちょう》しながら頭を下げて、言いました。

「どうか、よろしくお願いします」

昇が頭を上げると、大造や、その隣《となり》にいる優《やさ》しそうな奥さんの良子《よしこ》が笑顔《えがお》でうなずいていました。

さらにその横にいる百合子《ゆりこ》もニコニコ笑っていましたが、昇はその顔に釘付《くぎづ》けになりました。名前の通り、百合の花のような清《せい》そな雰囲気《ふんいき》で、その黒髪《くろかみ》もつややかです。

（何て美しい人だろう。僕が今まで知っている女の人の中で、一番美しい……）

昇《のぼる》が、ぽかーんと百合子に見とれている姿を見て、すかさず富永先生が言いました。

「おやおや、昇君、きれいな百合子さんに、一目ぼれしたんじゃないだろうな？」

「いえ、そんなこと」

昇は頭をかきました。百合子も、ほほを染《そ》めて下を向いています。

「ああた（あなた）、そげんこと言わんちゃよか（言わないほうがよい）。昇さんも百合子さんも、はずかしそうやかね」

「父さんたら、ダメね。昇さんをいじめちゃいけん」

富永先生の奥さんの広子に続いて、葉子《ようこ》も先生のことをにらみました。葉子は昇のことを、兄のように慕《した》うようになっていたのです。

「ははは、それは、悪かった。ごめん、ごめん。じゃあ、昇君の合格を祝《しゅく》して、乾杯《かんぱい》だ」

「ああた、その前に、お祈《いの》りばせんば（お祈りをしないと）」

「ああ、そうだったね……。天主さまに感謝《かんしゃ》のお祈りをしよう」

富永先生を始め、広子、葉子、そして林家のみんなが、手を組んで目をつむり、お祈りを始めました。昇は、その場の様子《ようす》を驚《おどろ》いて眺《なが》めていました。

「では、今度こそ、乾杯だ」

お祈りが終わると、富永先生の音頭《おんど》で、男性はビールで、女性はオレンジジュースで乾杯をしました。食卓《しょくたく》には、広子が、配給キップで手に入れた小豆《あずき》で炊《た》いたお赤飯《せきはん》を始め、彼女が育てた野菜の料理が並んでいます。

昇は、いつも家族に美味《おい》しいご飯を作ってくれていたキミ子のことを、思い起こしながら、甘いサツマイモの煮物《にもの》を味わいました。

二、長崎医科大学入学

昇は、長崎医科大学に合格したことを、神戸の実家に電報《でんぽう》で知らせました。打ち合わせていたように、昇の衣類や勉強道具などの荷物が、実家から下宿先の林家に届きました。

そこには、お母さんからの手紙も入っていました。

（昇、合格おめでとう。満州《まんしゅう》にいるお父さんにも、手紙で知らせました。お父さんも、さぞ喜んでおられることでしょう。おばあさんも朝子も、それにキミちゃんが、とても喜んでいますよ。

長崎医科大学（被爆前）（長崎原爆資料館所蔵）

こちらは、キミちゃんが畑を耕《たがや》したり、配給キップで食糧《しょくりょう》や生活用品を仕入れてくれています。それに町内会の勤労奉仕《きんろうほうし》にも参加してくれています。キミちゃんは、お父さんや昇《のぼる》の代わりに、田口家を支えてくれていますので、感謝《かんしゃ》と共に、こちらのことは、安心してください。

昇は、お父さんやキミちゃんのご恩《おん》に報《むく》いるためにも、長崎医科大学で、しっかりと勉強して立派《りっぱ》なお医者さんになってください。

夏休みには、ぜひ帰省《きせい》して欲《ほ》しいです。私を始め、みんな待っていますよ。どうか、くれぐれも健康《けんこう》に気をつけてください。

母より）

昇は、手紙を読みながら、優《やさ》しいお母さんのことを思い起こすと共に、田口家を守ってくれているキミ子に、心から感謝《かんしゃ》しました。

「昇さん、夕食ですよ」

階下《かいか》から、良子《よしこ》が大きな声で呼んでいます。

昇は、林家の二階の部屋に、下宿することになったのです。

昇が降《お》りていくと、食卓《しょくたく》には、もうすでに林家の主の大造《だいぞう》や、娘の百合子《ゆりこ》が笑顔《えがお》で座り、昇を待っていました。

「昇さん、荷物の整理はすんだと？」

大造の言葉《ことば》に、昇は頭をかいて応《こた》えました。

「いえ。母からの手紙を読んでいましたので、まだです」

「そげんこと（そのようなこと）、もうお母さんが恋しうなったとね」

大造が、少し冷やかすように言いました。

「父さん、そげんことゆーて、昇さん困っとるばい」

百合子が助け舟を出してくれました。百合子は続いて昇にたずねます。

「昇さんの家は、神戸のどこですか？」

「僕《ぼく》の家は、神戸の御影《みかげ》です。百合子さん御影はご存知《ぞんじ》ですか？」

「はい知っていますよ。御影は静かな住宅街《じゅうたくがい》ですよね」

昇は、百合子が昇に話す時は、長崎弁ではないことに驚《おどろ》きました。

「実は、私の姉は、神戸の元町通りにある呉服屋《ごふくや》に、知人の紹介で嫁《とつ》ぎました。その姉が、神戸に優《すぐ》れた看護《かんご》学校があるよと、誘《さそ》ってくれたんです。

私は、看護婦《かんごふ》になるのが夢でしたので、山里《やまざと》尋常《じんじょう》小学校を出ると、すぐに神戸の姉の元に行ったんです。看護《かんご》学校で三年間勉強をして、その後も神戸の病院で看護婦として働きました。

でも、両親も歳《とし》をとり、帰って来るように言われて、一昨年に浦上《うらかみ》に戻《もど》り、長崎医科大の附属《ふぞく》医院で働いているのですよ」

「元町通り、懐《なつ》かしいです。僕《ぼく》は、かつて三宮《さんのみや》の神戸一中に通っていましたから、元町通りにはよく行きました。中華《ちゅうか》料理屋で美味《おい》しい店がありましたね。中華ラーメンが安くてうまかったです」

「丸福《まるふく》かしら？」

「そうです、丸福です。僕は学校が終わったら、よく友達と、ラーメンを食べに行きましたよ」

「それから僕は、友達と新開地《しんかいち》の映画館にもよく通いましたよ」

「私も姉一家やお友達と、映画を観《み》に新開地にはよく行きましたね。『ターザン』とかね……」

「ああ、『類猿人《るいえんじん》ターザン』ですよね。ワイズミュラー主演の……。僕は友達とターザンの叫《さけ》び声をよくまねして、遊んだなー」

昇《のぼる》と百合子《ゆりこ》は意気投合《いきとうごう》して、神戸の話で盛《も》り上がりました。話が尽《つ》きないのを、見かねた良子《よしこ》が、二人の間に入って言いました。

「そがしこ（それだけ）話せばよかさ。お祈《いの》りばせんばね」

食事の前に、大造《だいぞう》を始め良子、百合子は手を組んで、祈り始めました。

祈りが終わると、良子が昇を迎えるために用意した貴重《きちょう》な白米と、配給キップで買った牛肉と畑の野菜の煮物《にもの》のごちそうを食べ始めました。

「うまいです」

昇の言葉《ことば》に良子は、嬉《うれ》しそうに言いました。

「そいは（それは）良か。たくさん食べんね」

昇は、神戸をよく知っている百合子を始め、親切な林夫妻に囲まれて、長崎での下宿生活を、ワクワクとした気持ちで、始めることができました。


今日は日曜日で、百合子も休みの日です。昇は、百合子とゆっくり話しができることを、楽しみにしていました。

階下《かいか》に降《お》りて行くと、百合子が白いベールを頭に被《かぶ》っていました。昇は、そのベールにより、百合子が一段《いちだん》と美しく思えました。

「昇さん、おはようございます。今日は、日曜日なので父と母と私の三人は、浦上《うらかみ》天主堂に日曜礼拝《れいはい》に行って来ます。昇さんの朝食は、食卓《しょくたく》に置いてありますから、一人ですが、ゆっくりと召《め》し上がってくださいね。また戻《もど》りましたら、浦上のことなど、お話ししますね」

表には、大造と白いベールを被った良子が、百合子を待っていました。昇が外を見ると、天主堂に向かって、白いベールを被った女性など、多くの人々が一列になり、丘の道を登って歩いています。その光景《こうけい》に、昇は目を見張りました。この浦上は、ほとんどの家が、カトリックの信者だったのです。

一五四九年、イエズス会のフランシスコ・ザビエルが日本にキリスト教を伝えました。その後、浦《うら》上《かみ》にもキリスト教の信徒《しんと》が増えていきました。

しかし、江戸時代には、キリスト教の信仰《しんこう》を禁じた幕府《ばくふ》により、カトリック信徒達は凄惨《せいさん》な迫害《はくがい》を受けました。

このようなむごく厳《きび》しい迫害にも、信徒達はひるまず、ひそかにキリスト教の信仰を守り伝え、幕《ばく》末《まつ》には浦上の信徒は、三千人以上となったのです。

しかし、明治政府もキリスト教徒弾圧《だんあつ》を継承《けいしょう》して、明治二年には、浦上の信徒約三千四百人が、全国に配流《はいる》されました。その内六百人あまりが、牢獄《ろうごく》などで亡くなりました。

明治六年になって、明治政府はキリスト教禁止令を廃止《はいし》することになり、全国に流されていた、浦上の信徒達は、帰郷《ききょう》が許されたのです。

明治二八年には、浦上の信徒の数は六千人を越え、信徒達は自分達で、天主堂を建てることを決めました。村の人々の手によって二〇年間をかけて、大正三年に、東洋一と称《しょう》せられる立派《りっぱ》な赤レンガの浦上天主堂が完成しました。その一〇年後にフランスから、大小二つのアンジェラスの鐘《かね》が運ばれました。

昇《のぼる》は、このような苦渋《くじゅう》に満ちた浦上の歴史を、百合子《ゆりこ》から教わりました。それは、昇にとって大き

浦上天主堂（長崎原爆資料館所蔵）

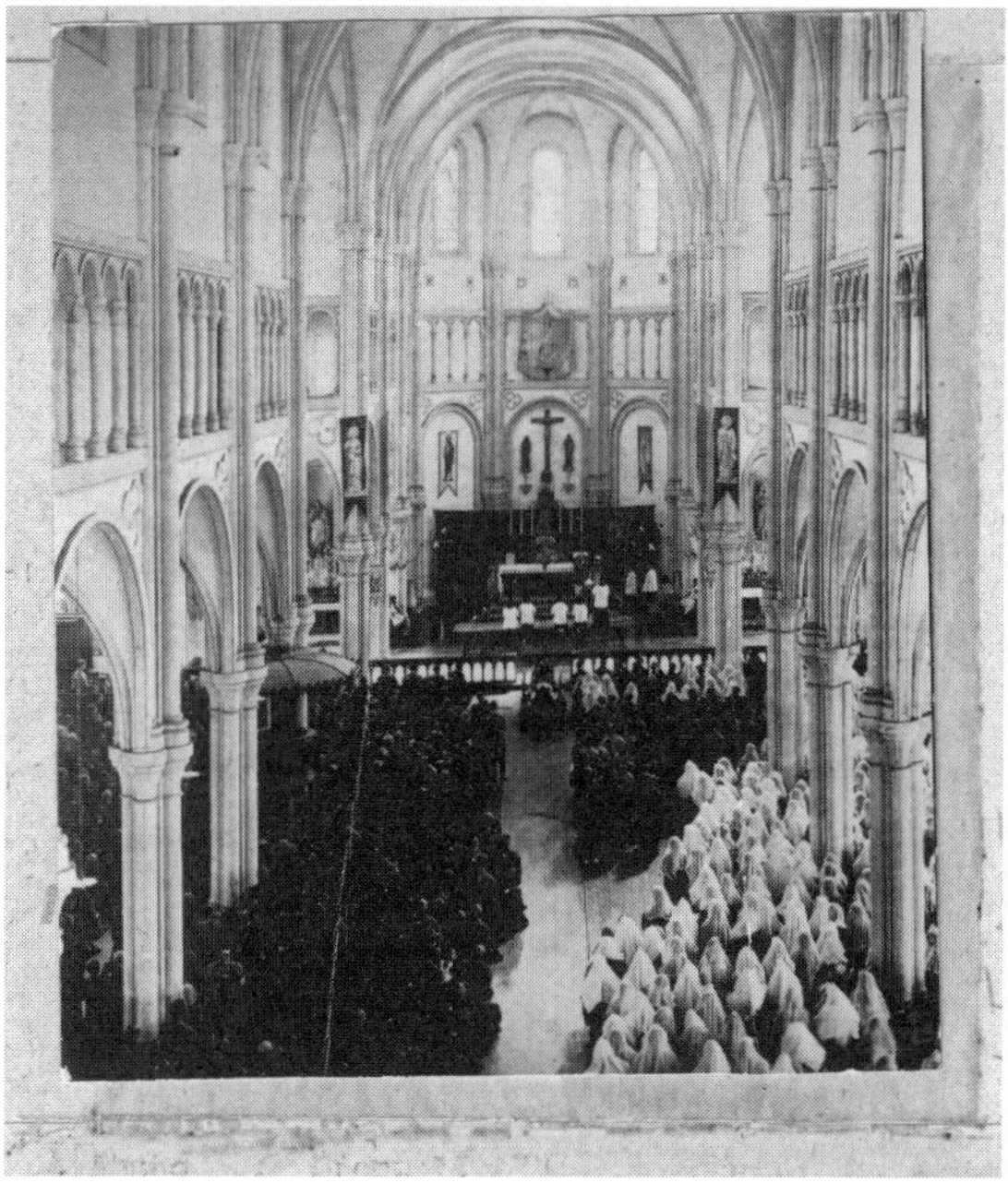

浦上天主堂内部（被爆前）（長崎原爆資料館所蔵）

な衝撃《しょうげき》でした。昇《のぼる》は、神戸では、朝倉先生がキリスト教系の関西学院の助教授でしたが、アメリカ人のジェーンさんからも、田口家では、キリスト教の話しを聞いたことがありませんでした。

「この美しい浦上《うらかみ》に、そんな悲惨《ひさん》なことがあったなんて……」

「そうなのですよ。林家の祖先《そせん》も江戸時代、迫害《はくがい》に合い処刑《しょけい》された人もいました。また明治には、おじいさん一家を始め、林家の一族全部が、沖ノ島《おきのしま》に流されました。でもみんな、信仰《しんこう》を強く持ち続けて、浦上に戻《もど》って来ることができたのですよ」

「僕《ぼく》は、キリスト教のことは、ほとんどわからないのですが、キリスト教を信じると、そんなに強くなれるのですか」

「ええ、私達は、天主さまに愛されているという信念を、いつも強く持っています。だから、どんなことが起ころうとも、それは天主さまのおぼしめしで、天主さまの愛のお心によるものだと感謝《かんしゃ》し、賛美《さんび》しているのです。天主さまのお心《こころ》に叶《かな》うように、どんな時にも励《はげ》ましあって、乗り越《こ》えてきたのです」

「そんな……。天主さまが愛しているなら、なぜ浦上の人々に、こんなにむごいことを与えて来たのでしょうか。僕には、全く分かりません」

百合子《ゆりこ》は、その透《す》き通った瞳《ひとみ》で昇を見詰《みつ》めると、黙《だま》って、幸せそうにほほ笑《え》んでいました。

その胸には、十字架《じゅうじか》のロザリオが光っていました。

四月になり、昇は長崎医科大学に入学しました。天主堂は大学のすぐ北側にあり、その前を見上げながら、坂道を登り大学に通いました。

浦上天主堂は、近くで見ると、さらに美しい建物でした。アーチ型の大きな入り口には、マリアさまの像《ぞう》が、立っていました。窓からは、ステンドグラスの七色の光が放《はな》たれています。正面の二つの塔《とう》には、大小のアンジェラスの鐘《かね》が入っていますが、戦時中は、敵機《てっき》を避《さ》けるために鳴らされていないとのことです。

昇は、天主堂の赤レンガの壁《かべ》を見ながら、浦上のカトリック信者達が、迫害から解放された喜びの中、二〇年かけて、レンガを一つ一つ積《つ》み上げて来た思いを、毎日かみ締《し》めながら、その尊さに心を寄せていくようになりました。

「きみ、手ぬぐいが落ちたよ」

後ろから声がしたので、昇が振《ふ》り向くと、背の高い青年が手ぬぐいを渡してくれました。

「あっ……ありがとうございます」

昇は、その手ぬぐいを腰《こし》に差し込み、礼を言いました。

「手ぬぐいに、浪速《なにわ》高等学校って書かれてたけど、卒業生？」

「はい。今年卒業して、長崎医科大に来ました」

「そうか……。僕は大阪生まれで大阪育ちだけど、父の転勤《てんきん》で長崎に来たんだ。長崎の高等学校を出て、長崎医科大で勉強しているんだ。じゃあ、またな」

青年は、急いでいるようで、さわやかな笑《え》みを残して、足早に立ち去りました。
昇《のぼる》は、関西出身の医科大生とも会えて、大学への足取りも軽やかです。
しかし、大学生活は予想に反して厳《きび》しい状況《じょうきょう》にありました。学徒動員令《がくとどういんれい》により、昇達新入生《のぼる》も、午前中は授業を受けられましたが、午後は、国のために兵器工場や軍隊に派遣《はけん》されて、救護班《きゅうごはん》の活動の手助けをしなければなりませんでした。

その頃アメリカ軍は、南太平洋の島々を次々に陥落《かんらく》させて、ついに六月には、日本に近いサイパン、グアムなどのマリアナ諸島への攻撃《こうげき》を開始しました。六月中旬、マリアナ諸島沖の海戦で日本の連合艦隊《かんたい》が敗北すると、援軍《えんぐん》を断たれたサイパンの日本軍約四万四千人は追い詰《つ》められていき、玉砕《ぎょくさい》したのです。しかも、民間人約一万人も戦闘《せんとう》に巻き込まれて、命を落としました。

港のある長崎には、負傷兵も多く運び込まれて、昇達医学生は、その治療《ちりょう》や看護《かんご》に日々追われました。さらに、アメリカはマリアナ基地からB29によって、日本を爆撃《ばくげき》するようになります。六月一六日には、北九州にある八幡製鉄所《やはたせいてつしょ》が空襲《くうしゅう》に合いました。アメリカ軍が迫《せま》って来ていることを、感じざるを得なくなって来たのです。

昇が楽しみにしていた神戸への帰省《きせい》も、無理な状態になりました。そのような昇の唯一《ゆいいつ》の楽しみは、休みが同じ日になった時に、百合子《ゆりこ》と話しをすることでした。神戸のことをよく知っている百合子と話すと、神戸が身近に思えるのでした。

「昇さんは、神戸一中を出られたって、優秀《ゆうしゅう》なのですね」

「いえ、何とか神戸一中に入れましたが、入学後は、野球に夢中《むちゅう》になり、勉強は二の次でしたね。僕の尋常《じんじょう》小学校からの親友達も野球部に一緒《いっしょ》に入り、あの頃は楽しかったなー。その友達も、高等学校卒業を前にして、学徒出陣《しゅつじん》となり、今は戦地で戦っているのです」

「三宮《さんのみや》の東遊園地のラクビー場で、学徒出陣の壮行会《そうこうかい》があったと聞いていますよ」

（我《われ》ら、もとより生還《せいかん》を期《き》せず……）

たくましい答辞《とうじ》を読んだ青年や、銃剣《じゅうけん》を担《かつ》いで行進した森君や中谷君らの姿が、ありありと浮かんできます。

（戦地にいる森君や中谷君のことを思えば……。神戸を恋しがらず、この長崎で役立つ人間として頑張《がんば》るぞ）

三、浦上《うらかみ》での日々

七月の始めの朝、昇が大学に行こうと玄関《げんかん》に出ると、富永《とみなが》先生がやって来たところでした。

「昇君、ちょうど良かった。今から大学だな。今日の講義《こうぎ》は、担当の先生の都合で、休講だそうだよ。私も時間が空いているので、物理的療法科《りょうほうか》を案内しようと思って、誘《さそ》いに来たんだ」

昇は、思いがけない富永先生の計《はか》らいに、嬉《うれ》しく応《こた》えました。

「富永先生、ありがとうございます。僕《ぼく》も一度、物理的療法科を見学したかったんです」

昇《のぼる》は、入学から二年間は、木造校舎《こうしゃ》の基礎《きそ》科《か》で外科、内科、耳鼻科など全部の科の勉強を順番にしていくことになっていました。最初は、軍の要請《ようせい》で、負傷者の手当てをする外科から学んでいます。専門の物理的療法科《りょうほうか》の勉強は、すぐ南のコンクリート建ての附属《ふぞく》医院で、三年生から始まるのでした。

「ああそうだ……。言い忘れていたんだが、今度の日曜日に、うちに遊びにこないかな？　葉子《ようこ》が昇君に会いたがっててな。午前は、天主堂で日曜日のミサがあるがね」

「ありがとうございます。僕《ぼく》も葉子ちゃんに会いたいです。

あの……先生もミサに行かれるのですか？」

「ああ、もちろん行くよ。私は、ウィーンの留学を終えて、長崎医科大に赴任《ふにん》して、この浦上《うらかみ》で、家内《かない》の広子と知り合い結婚したんだよ。家内一家は代々カトリック信徒《しんと》で、広子を通してキリスト教のことを知り、私も受洗《じゅせん》したよ。葉子は、生まれてすぐに洗礼を受けたね。でも私は、まだ分かっていないことが多い新米だよ」

「そうだったのですか。林家も昔からカトリック信者で、僕は、百合子《ゆりこ》さんから時々、キリスト教のことを教わっているんです。でも僕には、まだまだ分からないことだらけです。浦上で生活するには、信者にならなければならないのでしょうか？」

「そんなことは、断じてないよ。信仰《しんこう》とは、そう簡単《かんたん》に持てるものではないからな。まあ、無理することは全《まった》くないよ」

昇は、富永《とみなが》先生の言葉を聞き、ホッと安心しました。それと共に、放射線医学の日本における先駆《せんく》的《てき》な先生が、なぜキリスト教の信者になったのか、知りたいなとも思いました。

「永井《ながい》先生、お話ししていました田口昇君です」

昇は、富永先生からいつも研究熱心な先生と、うわさを聞いていた永井隆《たかし》先生に、初めて会うことができました。

「田口昇です。僕は、二年間の医学全般《ぜんぱん》の勉強を終えましたら、こちらの物理的療法科で学ばせていただくのを、楽しみにしています」

「ほう、これは頼《たの》もしい青年ですね。自ら志《こころざ》してこの科に来てくれるとは、嬉《うれ》しい限りですな」

永井先生は、本当に喜んで、昇を迎《むか》えてくれました。

「永井先生とは、一緒《いっしょ》にレントゲンの間接撮影法《かんせつさつえいほう》の研究を続けたんだ。今では効率《こうりつ》よく、検査と診断《しんだん》ができるようになったんだよ。今、軍隊や工場でも、結核《けっかく》が蔓延《まんえん》しているからな」

富永《とみなが》先生が、ほこらしげに話しました。

「レントゲンだけでなく、富永先生がウィーンで学んでこられた放射線医学を、さらに研究していきたいですね」

永井先生の目は、キラキラと輝《かがや》いていました。

昇は、物理的療法科の二人の先生の会話を聞きながら、放射線医学という、日本ではまだ新しい分野に取り組むことの大切さを実感しました。

永井《ながい》先生はレントゲン装置《そうち》のことなどを、色々と説明してくれ、昇《のぼる》は初めて見る装置に感嘆《かんたん》しています。その時、部屋がノックされて、一人の青年が入って来ました

「富永《とみなが》先生、永井先生、胸部《きょうぶ》レントゲン写真の現像《げんぞう》ができました。これから、午後の救護班《きゅうごはん》の活動に参加してもよろしいでしょうか」

「ああ、斉藤《さいとう》君ちょうど良かった。こちら、前に少し話しをした田口君で、基礎科《きそか》の一年生だが、専門は物理的療法科《りょうほうか》を目指《めざ》している。これからは、先輩《せんぱい》として面倒《めんどう》を見てやってくれたまえ」

富永先生は、ニコニコ笑いながら、斉藤青年に昇を紹介《しょうかい》しました。

「あっ？　きみは……」

「この間は、ありがとうございました。神戸出身の田口昇です。同じ物理的療法科とは。どうか、よろしくお願いします」

「斉藤豊《ゆたか》です。よろしく」

「そうか、二人共、知り合いだったのか。まあ、仲良くしたまえ」

永井先生は、大きな体で、大きな声で言いました。

昇も、午後の救護班《きゅうごはん》の活動に参加するので、二人は先生達にあいさつをして、部屋を出ました。昇は、並んで歩きながら、斉藤さんに声をかけました。

「斉藤さん、この浦上《うらかみ》は、とても美しい街《まち》ですね。関西にはない情緒《じょうちょ》が感じられますね」

昭和11年頃の附属医院全景（長崎大学医学部創立150周年記念誌より転載）

「そうだね。でも、他《ほか》から来た者には難《むずか》しい面もあるね」

明るかった斉藤さんの声のトーンが、少し落ちました。

「おやじの仕事で、浦上に来たんやけど、長崎弁は分からない。それにカトリック信者でないと近所つき合いが……母も色々と苦労してるよ。

さらに、おやじは外地《がいち》に出兵して、今は生死も分からんないんだ」

その場は、重い沈黙《ちんもく》に包まれました。その沈黙を破《やぶ》って、斉藤さんのまた明るい声が戻《もど》りました。

「でも、長崎医科大で、新しい放射線医学が勉強できるのは嬉《うれ》しいことだよ」

「僕も、この物理的療法科で、新しい医学を勉強することが楽しみです」

「よし、お互い、新しい学問に向けて突撃《とつげき》だ」

「はい。僕も、斉藤さんの後について、突《つ》き進みます」

日曜日の午後、昇は富永先生の所に、キミ子が伸助《しんすけ》から手に入れたという、神戸から届いたビスケットの缶《かん》を持って訪れました。小包《こづつみ》の中のキミ子の手紙には、昇《のぼる》が夏休みに帰省《きせい》できなかったのは残念だが、みんな元気にしているので、安心して勉強に励《はげ》むようにというようなことが書かれていました。昇は、神戸の家族のことを、思い起こしていました。

「昇さん、待っとったばい」

「葉子《ようこ》ちゃん、こんにちわ。これおみやげのビスケットだよ」

「うわー、嬉《うれ》しか。ばってん（でも）こげん良かもん、どげんしたと」

「神戸の実家から送って来たんだよ」

葉子が嬉しそうに、ビスケットの缶《かん》のふたを空けていました。昇はふと思いました。

（このビスケット、本当は、きっとああちゃんも欲《ほ》しかったんだろうな……）

昇は朝子のことを思いながら、トランプで手品をしたりして、葉子と遊んでいます。

夕方、林一家も富永《とみなが》家の夕食に招かれて、やって来ました。

「あら、昇さん、トランプの手品？　私にも見せて」

「いいですよ。百合子《ゆりこ》さんも、この中から一枚取って、それを覚《おぼ》えておいて、トランプの一番上に置いてください。よくくりますね。えいっ、これですね」

「まあ、すごい。どうして、どうしてなの？」

「へへへ、それは秘密《ひみつ》です」

「びっくりしたー」

葉子も、不思議《ふしぎ》でたまりませんでした。

「そろそろご飯?」

広子が呼びました。

いつものように、食前のお祈《いの》りを、昇以外のみんなはして、夕食会が始まりました。

「昇さんは、人気もんですね」

大造《だいぞう》の言葉に、富永先生もうなずいて、言いました。

「葉子は兄弟がいないから、昇君のことを、兄のように慕《した》っているんだよ」

富永先生の言葉《ことば》を受けて、林家の良子《よしこ》も言いました。

「昇さんは、ほんなこつ（ほんとうに）優《やさ》しか人ばい」

昇は、みんなにほめられて頭をかいていました。そのような様子《ようす》を、百合子はほほ笑《え》ましく眺《なが》めながら、思いました。

（昇さんは、本当に心の暖かい人だわ）


八月の終わりのある日の午後、長崎医科大学の南にある附属《ふぞく》医院で、先日行われた軍の集団検診《けんしん》の報告《ほうこく》書を、昇は、看護婦《かんごふ》の百合子と一緒《いっしょ》にまとめていました。思いのほか早く終わり、二人はそろって夕方近くに医院を出ました。

「百合子さんと一緒《いっしょ》に帰れるのは、嬉しいですね」

「私もですわ。あの裏手《うらて》のグビロが丘に登りませんか。すごく眺《なが》めがいいのですよ」

「グビロが丘、すてきな名前ですね。じゃあそこで、ちょっと休憩《きゅうけい》していきましょう」

昇《のぼる》が、百合子《ゆりこ》とグビロが丘に立つと、眼下《がんか》には谷などの起伏《きふく》がある浦上《うらかみ》の街《まち》が広がり、向こうの丘には、天主堂がそびえていました。

「うわぁー本当だ。天主堂と浦上の街が一望《いちぼう》できますね」

昇は、感嘆《かんたん》の声を挙《あ》げました。百合子が静かに語りました。

「天主堂の二つのアンジェラスの鐘《かね》は、天使（エンジェル）の鐘という意味なのよ。幼いころ、鐘の音《ね》を聞くと、天使が舞い降《お》りてくるように思えたわ。大きな鐘には『愛のしるし』と彫《ほ》られてるのよ。今は鳴らされていませんが、それはそれは美しい音色なのですよ……。昇さんと一緒《いっしょ》に、また聞きたいわ」

浦上の街の家々には、さるすべりや、キョウチクトウやカンナなどの夏の真っ赤な花々が咲きほこり、畑が豊かに広がる中、人々はそこで働いていました。折《お》りしも、太陽が西の空に沈みかけると、その夕日が家や麦畑を茜色《あかねいろ》に染《そ》め上げ、天主堂のステンドグラスは、光を反射して七色に輝《かがや》き出しました。

（夢の国のようだ……）

と、昇は心の中で、アンジェラスの鐘の音を聞きながら思いました。

四、神戸空襲《くうしゅう》

昭和一九年一〇月二五日、フィリピンのレイテ沖海戦で、日本の連合艦隊《かんたい》は、アメリカ軍の機動部《きどうぶ》隊《たい》の攻撃《こうげき》により、空母四隻《せき》などを喪失《そうしつ》して壊滅状態《かいめつじょうたい》に陥《おちい》りました。

これにより、レイテ島の日本軍守備隊《しゅびたい》約七万五千人は、補給《ほきゅう》を絶《た》たれて一二月には、ほぼ全滅となりました。

その悲報《ひほう》を、朝倉先生の実家から伝え知った田口家は、朝倉先生のことを思い悲しみに沈みました。中でも朝子は、昇から託《たく》された『キュリー夫人伝』の赤い本を、何回もなでていると、朝倉先生との楽しかった日々が、鮮明《せんめい》に浮かんできました。朝子には、そばにある西洋人形のジェーンちゃんが、涙を流しているかのように思えるのでした。

満州《まんしゅう》にいるお父さんからの手紙も、途絶《とだ》えていました。

年が明けた昭和二〇年、マリアナ基地からのアメリカ軍の爆撃《ばくげき》が、日本本土全域《ぜんいき》に広がり始めます。このような中、昨年から始まった国民学校の児童の学童疎開《がくどうそかい》の強化が、閣議《かくぎ》決定されます。二月四日には、神戸の兵庫区の工場や民家が空爆されました。

田口家では、空襲《くうしゅう》を身近に感じるようになり、朝子を、お母さんの夕子の実家がある滋賀県《しがけん》の守山《もりやま》に、縁故《えんこ》疎開させることに決めました。いつもお母さんと一緒《いっしょ》の朝子は、

「私一人だけ行くのは、絶対にいやよ」

と、かたくなに拒《こば》み続けました。困り果《は》てたキミ子は、お母さんの夕子とおばあさんに、真剣《しんけん》な顔で向き合い言いました。

「奥さまはまだ寝《ね》たり起きたりのお体です。それにおばあさまも、ご高齢《こうれい》です。どうか、ああちゃんと一緒《いっしょ》に守山《もりやま》に疎開《そかい》してくださいませ。この田口の家は、私が必ず守りますから、お願いします……」

キミ子の言葉《ことば》を聞いていたおばあさんの清子《きよこ》が、毅然《きぜん》とした顔つきで言いました。

「キミちゃんの気持ちは、ありがたいけどね。この田口家は、代々御影町《みかげまち》の医院として受け継《つ》がれて、主人亡き後は浩《ひろし》が継ぎ、町の人達のお役に立ってきた由緒《ゆいしょ》ある家なんですよ。私は、ここで死ねたら本望《ほんもう》ですよ。どこにも行きません。夕子さんも同じだと思いますよ」

清子は、語意を強めてきっぱりとした態度です。お母さんの夕子は、それを受けて応《こた》えました。

「キミちゃん、本当にありがとう。でもね。守山の実家も父が亡くなり、今は弟一家が病気の母の世話をしながら、後を継いでいるの。弟の所は、五人もまだ幼《おさな》い子どもがいて大変で、朝子をお願いするのがやっとだったの。私達は、足手まといかも知れませんが、この家に居させてくださいな」

「そんな……。奥さま、足手まといなんて、とんでもございません。私は、出すぎたことを申しあげて、どうかお許しくださいませ」

キミ子が、お母さんやおばあさんに、一生けん命謝《あやま》っている姿を見て、朝子は、自分が意地を張っているために、みんなを困らせていることを感じ取りました。

「私、一人で守山に疎開するわ」

「ああちゃん……」

お母さんは、朝子を胸《むね》に引き寄せました。あの泣き虫だった朝子は、お父さんが出征《しゅっせい》した日から、泣かなくなりました。その代わり、くちびるを痛《いた》いほどにかみ締《し》めていました。

三日後、朝子はリュックサックに勉強道具を入れて、キミ子が着替《きが》えの洋服などを風呂敷《ふろしき》に包み、二人手をつなぎ、田口家を後にしました。キミ子は、朝子を守山まで送っていくのです。

お母さんとおばあさんは、二人が見えなくなっても、門にたたずみました。お母さんは思いました。

(こうやって主人や昇《のぼる》を送り出したけれど、あれから会えていないわ。朝子とは、またいつ会えるのでしょう……。私は、この家で、みんなが戻《もど》って来るのを待っていますよ)

朝子が守山に疎開した翌月《よくげつ》の三月一〇日の夜間、東京がアメリカのB29によって大空襲《だいくうしゅう》を受けました。大本営《だいほんえい》は、被害《ひがい》の実情を正確には、国民に伝えませんでした。

大本営がいくら隠《かく》しても、この東京の惨状《さんじょう》のうわさは、人から人へと伝わりました。

田口家のある町内会では、鉄かぶとを被《かぶ》った伸助《しんすけ》が中心になって、防空頭巾《ぼうくうずきん》を被ったキミ子や町内会の人達総出《そうで》で、立派《りっぱ》な共同防空壕《ぼうくうごう》を北側のがけに掘りました。今までの家の床下《ゆかした》や庭に掘った穴では、爆撃《ばくげき》を防ぐことは無理だと考えたからです。

防水用水からのバケツリレーや、延焼《えんしょう》防止のための建物取り壊《こわ》しなど、伸助《しんすけ》は足が悪いのも感じさせないで陣頭指揮《じんとうしき》に当たっています。鈴木《すずき》商店の主で町内会の会長である伸助の父は、病気がちで伏《ふ》せる日が多くなっています。伸助は、その父に代わって、この御影《みかげ》の町内を守る覚悟《かくご》で、日々活躍《かつやく》しています。

キミ子は、そのような伸助を頼《たの》もしく思いながら、彼の指揮《しき》の元、きつい労働を毎日続けています。

三月一三日には、大阪が空襲《くうしゅう》にあいました。御影から見ると、東の空が赤く夜空に染《そ》まりました。そして、三月一七日には、新開地《しんかいち》を始め、神戸西部がＢ29の六九機によって、大空襲になったのです。

北風が強く吹く夜中、空襲警報《けいほう》が人々を起こしました。いつでも逃げれるように、もんぺ姿で寝ていた田口家の三人も、起き上がると防空頭巾《ぼうくうずきん》を被《かぶ》り、打ち合わせ通りに、夕子が清子《きよこ》と一緒《いっしょ》に、町内の完成したばかりのしっかりとした防空壕《ぼうくうごう》に入りました。それを見届けたキミ子は、伸助の指揮する町内会の消防団に加わりました。

「キミちゃん、見て。西の空が真っ赤や。多分、元町や新開地の方がやられているんや」

「まあ……。よく買い物に行った元町が……」

キミ子は、伸助が指差《ゆびさ》す西の空を眺《なが》めながら、言葉《ことば》を失いました。この三月一七日の神戸大空襲により、神戸の西半分が焼土《しょうど》となりました。

その後も、Ｂ29による空爆《くうばく》は続きますが、御影町は、直撃《ちょくげき》は何とか免《まぬが》れていました。キミ子は、夕子や清子と相談して、田口家の貴重品《きちょうひん》を入れた金庫を運び、家の端《はし》にある井戸のそばに、深く穴を掘り埋《う》めました。

昭和二〇年六月五日の朝七時前、田口家では三人で朝食をとっていました。その時空襲警報が発令《はつれい》されました。いつものように、キミ子は夕子と清子を、町内会の防空壕に送り出して、伸助の待つ消防団に着き、建物にバケツで水をかけ始めました。

間もなく、南西の方向よりＢ29の編隊《へんたい》が低空で銀色に輝《かがや》く姿を表しました。こんなに近くに迫《せま》って来るのは初めてです。地上の高射砲《こうしゃほう》の音が低く重く、とどろいていました。

その時、キミ子が空を仰《あお》ぎ見ると、真上に飛行機が迫り、その胴体《どうたい》の下が開くと、缶詰《かんづめ》のような無数の爆弾《ばくだん》がばらまかれ、それらが空中で爆発すると、

「ザザザアー、ザザザアー……」

という音と共に、雨あられのような火の玉が降《ふ》り注いで来ました。焼夷弾《しょういだん》なのです。

「あぶない」

伸助が、キミ子を強く引っ張り、防火用水の陰《かげ》に二人は倒《たお》れ込みました。

キミ子は、田口家が燃えているのを見ると、横の防火用水から手に持つバケツで水を汲《く》み、かけ始めましたが、焼け石に水のように火は広がっていきます。

「キミちゃん、あかん。この炎の勢いでは無理や……。逃げよ」

「じゃあ、奥さま達のいる防空壕へ」

「いや、あそこは、老人や子どもで満杯《まんぱい》や」

と、言うと共に、伸助《しんすけ》は自分の鉄かぶとで水を汲《く》むと、キミ子の頭から水を何回もかけました。伸助自身も水をかぶると、

「キミちゃん、絶対におれの手を離《はな》すなよ」

と、叫《さけ》び、二人を囲んでいる火の海に飛び込み、全速力で走り出しました。キミ子は恐怖《きょうふ》でほとんど目をつぶりながら、伸助の手だけを強く握《にぎ》り、ただただ走りました。伸助は足の悪さも感じさせないで、炎の中を突《つ》っ走りました。

どれだけ走ったか、キミ子には分かりませんでしたが、気がつくと二人は、海の防波堤《ぼうはてい》の陰《かげ》に座り込んでいました。キミ子は頭が熱いように感じたので手をやると、防空頭巾《ぼうくうずきん》が焼けこげているのです。顔が炎のすすで真っ黒になった伸助が、つぶやきました。

「キミちゃん、よう走ったな。おれら、助かったんや」

空を見上げると、数え切れない、銀色のＢ29の大隊が、南に向かって海の上を去っていきました。

しかし、警報《けいほう》が解除《かいじょ》になった街《まち》は、焼土《しょうど》と化《か》していました。残った建物は、まだメラメラと燃え続けています。きれいな住宅街であった御影《みかげ》の町も、無残《むざん》な姿となっています。

あの町内会の共同防空壕《ぼうくうごう》も、黒く煙《けむり》が上がっています。無数の焼夷弾《しょういだん》に包まれて、防空壕自体が高温となり、蒸《む》し焼きのような状態になったのです。

伸助は黙《だま》ったまま、町内で助かった男性と共に、防空壕の中から死体を担《かつ》いで運び出して、焼け跡《あと》

の地面に並べています。その中には、あどけない赤ん坊や幼児も含まれていました。奥から、夕子と清子《きよこ》、そして伸助の父親の遺体《いたい》も出されました。

「ああ……。奥さま、おばあさま……」

キミ子は二人に取りすがって泣き叫《さけ》びました。二人の顔は、焼けもせずきれいでした。

キミ子の嘆《なげ》きようには、伸助でさえ、言葉《ことば》がかけられませんでした。キミ子は、夕子や清子を死なせてしまった自分自身を、責《せ》め続けているのです。

この六月五日の大空襲《だいくうしゅう》では、B29の三百五〇機による爆撃《ばくげき》で、神戸東部のほとんどは、壊滅状態《かいめつじょうたい》になりました。三月一七日の神戸西部に続き、神戸全土が焼け野原となったのです。

大本営《だいほんえい》は、この神戸大空襲による惨状《さんじょう》も、事実のまま報道《ほうどう》することはありませんでした。でも、人々の口伝えで、その真実はしだいに明らかになっていきます。

長崎にいる昇《のぼる》のところにも、神戸壊滅のうわさが広まってきています。昇は、神戸にいる家族やキミ子のことが、心配でなりません。

郵便《ゆうびん》も滞《とどこお》っている中、七月に入って、やっとキミ子から手紙が届きました。涙《なみだ》でにじんだ文字で、お母さんとおばあさんの死が記《しる》され、二人を守れなかったことへの悔恨《かいこん》に満ちていました。家も台所の一部以外は、全て消失《しょうしつ》したとのことでした。

昇は、手紙を、震《ふる》える手でつかみました。

（母さん……、おばあちゃん……）

昇《のぼる》は、優《やさ》しかったお母さんや、しっかりもののおばあさんの元気だった姿を、ありありと思い起こし、亡くなったということを、受け入れることができませんでした。浮かんでくるのは、家族とキミ子や朝倉先生、それにジェーンさんも交えた楽しい故郷《ふるさと》の神戸での日々です。

でも、落ち着いて来ると、姉として慕《した》ってきたキミ子が、自分を責《せ》めながら、焼け野原の片隅《かたすみ》でたった一人、田口家のためにと生きている姿に胸《むね》が熱くなりました。

（キミちゃん、生きていてくれてありがとう。キミちゃんのお陰《かげ》で、父さんや僕《ぼく》や朝子の帰れる故郷が残されたよ……）

朝倉先生から贈られたペンが、昇の気持ちを、キミ子へと届けてくれます。

第四章　長崎原子爆弾投下

きのこ雲（長崎原爆資料館所蔵）

一、八月九日午前一一時二分

長崎も七月二九日、三一日と空襲《くうしゅう》が日々続き、多くの死傷者が出ています。

八月一日には、今までになく大規模《だいきぼ》なもので、長崎医科大学にも爆弾《ばくだん》が落とされました。昇《のぼる》達は、午前の講義《こうぎ》の真っ最中でしたが、空襲警報《くうしゅうけいほう》の直後にB29が飛来《ひらい》して、外科、婦人科、耳鼻科が空爆されました。医学生三人が即死《そくし》し、一〇数名の負傷者が出ました。昇達は、バケツリレーで、火災《かさい》を食い止めました。でも、昇は、自分と同じ歳《とし》の学生達が亡くなったのを、目の前で見て、大きなショックを受けました。

その翌週《よくしゅう》の八月六日午前八時一五分、広島に世界で最初の原子爆弾《げんしばくだん》が投下されました。原子爆弾は市の中心部の地上五百七〇メートルで炸裂《さくれつ》して、瞬時《しゅんじ》に二〇数万の市民を殺傷《さっしょう》して、全市を壊滅《かいめつ》し尽《つ》くしました。

八月八日には、大本営《だいほんえい》の発表がありました。

（一、昨八月六日広島市は敵B29少数機の攻撃《こうげき》により相当の被害《ひがい》を生《しょう》じたり。

二、敵は右攻撃に新型爆弾を使用せるものの如《ごと》きも詳細目下《しょうさいもっか》調査中なり）

日本国民は、今までの焼夷弾《しょういだん》とは、また異なる新型爆弾という未知の爆弾に対する不安が広がりました。信頼《しんらい》のおけない大本営のわずかな発表では、実態が分からないのです。百合子《ゆりこ》も広島に疎開《そかい》している姉一家のことが、心配でたまりませんでした。

しかし、長崎医科大学の角尾《つのお》学長は、東京出張の帰りに広島の直前で汽車が止り、被災《ひさい》直後の爆心《ばくしん》地《ち》を歩きました。学長は言葉《ことば》を失いました。そこは、地上の一切のものが粉砕《ふんさい》され、何も無い焼土《しょうど》と化《か》していたのです。

長崎医科大学に戻《もど》った学長は、校庭に大学の関係者全員を集めて、訓示《くんじ》を急きょ行ったのですが、見たり聞いてきたことを、言葉で言い尽くすことは難《むずか》しいです。

「ピカリと光り輝《かがや》き、ものすごい爆風と共に、人は吹き飛び家は倒《たお》れ、いたる所から火の手が上がり、人も街《まち》も炎に飲まれたそうだ。爆弾は地面で炸裂したのではないらしい。上空には異様《いよう》な格好《かっこう》の雲ができたそうだ。とにかく広島の被害はすごい。今後このような恐《おそ》ろしいことが、他でも起こりうることを、覚悟《かくご》せねばならない」

昇は、角尾学長の切迫《せっぱく》した言葉に、今までよりも、もっと恐《おそ》ろしいことが迫《せま》っていることを、感じ取りました。


八月九日、林家では、久しぶりに皆がそろって朝食を食べました。

「昇さん、一緒《いっしょ》に医科大に行ける？」

「ああ、百合子さん残念だなあ……。僕は、今朝一番に、道ノ尾《みちのお》の駅の手前にある三菱兵器《みつびしへいき》地下工場に、この間の職員検診《けんしん》の結果報告《ほうこく》に行かなくてはならないんです」

「昇さん、あすこは、道ノ尾の手前ばってん（だが）不便ですたい。おいの自転車ば使えば良かばい」

「大造《だいぞう》さん、ありがとうございます。道ノ尾の駅から、歩いて戻《もど》ろうかなと、思っていたところなんです。自転車をお借りできるのは、本当に助かります」

昇《のぼる》は、大造《だいぞう》の申し出に、心から感謝《かんしゃ》しました。

「昇さんは、自転車乗れるの？　転《ころ》ばないようにね」

百合子《ゆりこ》が、ちょっといたずらっぽく言いました。

「えっ、そんな。僕《ぼく》は子どものころから自転車が得意です。両手を離《はな》しても乗れます」

昇が、むきになって、応《こた》えました。その表情に、大造を始め、良子《よしこ》も百合子も大笑いになりました。

大造は町内会の消防団に、百合子は長崎医科大学附属《ふぞく》医院に、そして昇は自転車で、各々の仕事に出かけました。良子は玄関《げんかん》で、皆に元気よく手を振《ふ》っていました。

昇が、富永《とみなが》先生の家の前にさしかかった時、葉子《ようこ》がちょうど出てくるところでした。

「葉子ちゃん、おはよう」

「昇さんおはよう。方向の違《ちが》うね」

「うん、ちょっと用事で、道ノ尾《みちのお》の方にいくんだよ。葉子ちゃんは？」

「勉強会の、学校であるっさ」

「じゃあ、夏休みの宿題をやるんだね。分からないところがあったら、僕がいつでも教えてあげるからね」

「嬉《うれ》しかばってん（嬉しいけれど）、たくさんあるけんね」

「大丈夫《だいじょうぶ》、僕が全部やっつけてあげるよ」

「うち、昇さん大好きばい」

葉子の言葉に、昇はペダルも軽く、澄《す》み切った朝の浦上《うらかみ》をこいで行きました。

三菱兵器《みつびしへいき》地下工場は、空襲《くうしゅう》を避《さ》けるために、トンネルを掘って工場を設け、そこで兵器を造《つく》っていました。昇は、検診《けんしん》結果の書類を提出しましたが、空襲警報《けいほう》がなかなか鳴り止まず、トンネル内で待《たい》機《き》していました。

ようやく警報解除《かいじょ》になり、昇は持ってきた水筒《すいとう》を肩から掛《か》けて、帰り支度《じたく》を始めました。

「こいは（これは）美味《おい》しか。おやつに良かばい」

工場長が、笑顔《えがお》で干《ほ》しイモを紙に包んでくれました。

「ありがとうございます。僕これ大好きなんです」

二人がトンネルの入り口に出た時、『ブー』という鈍《にぶ》い音が上空を覆《おお》いました。

「何でしょう？　空襲警報は解除されたのに……」

と、昇がつぶやいた時、白色《はくしょく》の閃光《せんこう》がピカッと辺《あた》り一面に走り、二人はすごい風圧で宙《ちゅう》を舞い、トンネルの中に吹き飛ばされました。

昇は、トンネルの壁《かべ》にしこたま体をぶつけました。周辺は砂ぼこりや、ちりで白くもうもうとしています。

「工場長、大丈夫《だいじょうぶ》ですか」

「ああ……。体ん痛《いた》か、ばってん（だが）大丈夫たい」

白煙《はくえん》の向こうから、工場長の声がします。

昇《のぼる》は、彼の安全を確認《かくにん》すると、トンネルの外に出ました。昼前というのに、辺《あた》りは暗く、空を見上げると、太陽が梅干《うめぼし》のようになっていました。

（太陽が爆発《ばくはつ》して、しぼんだんだ……）

と、昇は思い、浦上《うらかみ》の方を眺《なが》めると、下から雲がむくむく沸《わ》き上がり、その雲のなかには、赤、黄、紫の光がチカチカと輝《かがや》いていました。空高く昇った雲は上部が横に広がり、きのこのような形になっていきます。さらに浦上の地からは、真っ黒い煙《けむり》がごうごうと立ち昇っています。

「うわー、浦上が大変だ……」

昇は叫《さけ》ぶと共に、表に置いていた自転車を探《さが》しましたが、遠くに飛ばされたのか、見つかりません。

（大造《だいぞう》さんの、大事な自転車、どうしよう……）

と、思いながらも、昇は浦上に向けて走り出していました。走るにつれ、薄暗闇《うすくらやみ》の中、沿道《えんどう》の木造《もくぞう》家屋《かおく》はぺしゃんこで、鉄筋《てっきん》コンクリートも倒壊《とうかい》し、工場も押しひしゃがれていました。大小の樹木もことごとく倒《たお》されています。何か分からない黒や灰色の塊《かたまり》のようなものが、空中をぐるぐる回って上がっていきます。

さらに到《いた》る所から、炎がメラメラと上がっています。それに、大橋町《おおはしまち》と思われる所からは、家も何

浦上天主堂前の坂道から西方向を見る（長崎原爆資料館所蔵）

もかも、無くなってしまっているのです。人もいません。立って歩いている人が、いないのです。街《まち》一面が変ぼうし、がれきが広がっています。

昇がふと見ると、山里《やまざと》国民学校らしき前に来ていました。

（葉子《ようこ》ちゃんが、いるはずだ）

校舎《こうしゃ》は、壊《こわ》れて炎上しています。灰色の煙《けむり》をかき分けるように運動場を見渡すと、黒い小さな塊《かたまり》が、校庭を埋《う》めつくすように、一面に広がっているのです。何とそれは、子どもたちなどの黒こげの死体だったのです。

「葉子ちゃん、葉子ちゃん」

昇は大声で叫びながら、呆然《ぼうぜん》と立ちすくんでいました。その時、背後《はいご》でかすかな声がしました。

「ここばい……」

葉子です。葉子が、校庭の防空壕《ぼうくうごう》の入り口から出て来たのです。

「葉子《ようこ》ちゃん、生きていたんだ。良かった……良かった。ケガはないかい」

葉子は、うなずきましたがガタガタ震《ふる》えています。昇《のぼる》は葉子をおんぶすると、

「もう大丈夫《だいじょうぶ》だからね。よく頑張《がんば》ったね」

と、背中《せなか》の温かさと重みをかみ締《し》めました。

昇が、葉子を負ぶって歩いた松山町も山里《やまざと》町も他《ほか》の町も、全《すべ》てこの世の終わりの姿に変わり果てていました。勢いよく広がる炎を避《さ》けて急ぎますが、地面は煙《けむり》を吐《は》き、黒こげの死体でびっしりです。お腹《なか》が裂《さ》けて腸《ちょう》がはみ出ていたり、目玉が飛び出したり、首のない凄惨《せいさん》な状態《じょうたい》です。昇は、それらの死体を、やむを得ず踏《ふ》んでいかなければ進めません。

「葉子ちゃん、目をつむっているんだよ」

昇自身、目を覆《おお》いたくなります。富永《とみなが》家や林家のことも心配ですが、今は、迫《せま》り来る火の手を逃れて、高台の長崎医科大学を目指《めざ》します。

「ギャアー」

カボチャのように顔が膨《ふく》れあがり、背中《せなか》から煙《けむり》が出ている裸《はだか》の人が、叫《さけ》びながら、目の前を走り去りました。その時、昇の足首を誰《だれ》かがつかみました。下を見ると、黒こげの死体の中から手が伸びていました。火傷《やけど》がひどくよく分かりませんが、少年のようです。

「た・す・け……」

昇は、葉子を負ぶったまましゃがみ込み、少年を起こそうとしましたが、触《ふ》れたところの皮膚《ひふ》がず

るっとむけました。

「み・ず……」

昇は、慌《あわ》てて水筒《すいとう》の水を、その少年に飲ませました。少年は美味《おい》しそうに水を飲むと、ぐったりとなり、亡くなりました。

昇が顔を上げると、焼けただれて顔の見分けもつかない何人かの人々が、真裸で上半身の皮膚は垂《た》れ下がり、無言のままよろめきながら歩いていました。その一人が昇の水筒を見つけると、それをもぎ取り、人々は奪《うば》い合いながら水を飲みました。しかしその後、

「ううー、ううー、ううー」

と、苦痛《くつう》のうめき声をあげながら倒《たお》れ、息絶《いきた》えていきました。

（これは……悪夢《あくむ》だ……。僕《ぼく》は悪夢を見てるんだ）

と、昇が思った時、

「母さん……」

背中の葉子が、弱々しくささやきました。昇はその言葉に現実に引き戻《もど》されて、火の手に追われながら、急いで長崎医科大学への坂道を登りました。左側にあった赤いレンガの浦上《うらかみ》天主堂は、無残《むざん》に崩《くず》れ去り、がれきの山となっています。

医科大学に近づくと、いつも講義《こうぎ》を受けていた木造の基礎《きそ》校舎が姿形もありません。その向こうに、コンクリート建ての附属《ふぞく》医院が崩れかかりながらも、何とか持ちこたえています。でもそこにも

火の手が上がり始めています。

病院玄関前《げんかんまえ》には、助かった医師や看護婦《かんごふ》達が、負傷者や入院患者を、毛布やシートの上に、忙《いそが》しく運び出していました。昇《のぼる》はその中に百合子《ゆりこ》を見出しました。

「百合子さん……」

昇は、思わず泣き出していました。

「昇さん……それに、葉子《ようこ》ちゃん……」

三人は、地獄《じごく》の中で会えたのです。

「百合子さん、無事《ぶじ》で良かった」

「ええ。私は図書室で資料《しりょう》の整理をしていて、爆風《ばくふう》で飛ばされましたが、本に埋《う》もれて助かったのよ」

「富永《とみなが》先生は？」

「先生は、診察中《しんさつちゅう》に爆撃《ばくげき》に合い、建物の下敷きになりましたが、助け出されて、あちらで休んでおられます。案内しますね」

寝《ね》かされている負傷者は、ガラスが突き刺《さ》さったままや、顔、手、足など到《いた》る所が血に染《そ》まり、焼けただれていました。富永先生も下半身が真っ赤になり、寝かされていました。

「葉子」

富永先生は手を広げると、わが子を包みました。

「父さん……」

長崎医科大学附属医院（長崎原爆資料館所蔵）

今まで泣くことさえ忘れていた葉子が、大声で泣きました。

「昇君、葉子を助けてくれたんだね」

「葉子ちゃんと会えて、僕《ぼく》も力となりました」

と、その時、

「火が回る、早く負傷者を運び出せ」

高台から指揮《しき》をしている男性が、大声で叫《さけ》んでいるのです。

昇は、急いで助かった医科大生と共に、建物内に残されている負傷者を、木の扉《とびら》を担架《たんか》にして乗せ、助け出していきました。

「おーい、ここたい……」

昇が声の方を見ると、同じ教室で学んでいた友人が、天井の重い梁《はり》の下敷《したじ》きになっていました。

「今、助けるよ」

昇は、もう一人の学生と渾身《こんしん》の力を出し

て、梁《はり》を持ち上げようとしますが、びくとも動きません。猛火《もうか》は目前《もくぜん》まで迫《せま》っています。昇《のぼる》は、火の熱さも忘れて、何度も試みます。

「もう……もう、よか……。早う逃げれ」

その友人の言葉《ことば》に昇は泣きました。自分の無力さに泣きました。

昇は、涙《なみだ》を拭《ぬぐ》おうともせず、病院の玄関《げんかん》に出ました。背後《はいご》は炎に包まれています。そこで永井《ながい》先生と出会いました。先生は、頭にタオルを巻いていましたが、それは血で真っ赤になっていました。

「医院炎上。負傷者や患者を、裏《うら》のグビロが丘に運ぶんだ」

永井先生のテキパキとした指示に、助かった医師、看護婦《かんごふ》、医学生達は板や毛布で、負傷者を丘に向けて運び上げて行きました。何度も往復しました。

夕方近くになって、やっと助かった負傷者や患者全員を、裏の丘に上げ休ませることができました。運び出せたヨードチンキや消毒薬や三角巾《さんかくきん》などで、応急処置《おうきゅうしょち》も施《ほどこ》されました。しかし設備もなく薬品も乏《とぼ》しい中、それは気休め程度《ていど》のものでしかありません。

一段落《いちだんらく》してフラフラになった昇は、グビロが丘の一隅《いちぐう》に腰《こし》を下ろしました。そこは、かつて百合子《ゆりこ》が案内してくれた美しい天主堂や、眼下《がんか》に浦上《うらかみ》の街《まち》が一望《いちぼう》できる場所でした。

「浦上、全滅《ぜんめつ》ね」

いつの間にか、百合子が横に座っていました。浦上の街は、炎々《えんえん》といまだ燃えさかっていました。

グビロが丘から見た長崎医科大学（長崎原爆資料館所蔵）

「あら昇さん、手をやけどしてるわ」

「いいんです。これは、友人を救えなかった印です」

「昇さん、感傷的《かんしょうてき》になってる場合じゃないわ。途方《とほう》もない数え切れない人々が亡くなり、負傷しているのが現実です。昇さんは、医学生として、一人でも多くの人達を助けるのよ」

「百合子さんは、強いですね」

「私は、昇さんのそばで、ずっとお手伝いをしますよ」

長かった地獄《じごく》の一日が暮れていきますが、浦上の炎は夜空に向かって、真っ赤に燃え上がっています。このような中で、百合子の言葉は、昇の荒《こう》涼《りょう》とした心に、一点の灯《ともしび》となりました。

「僕《ぼく》、ケガをした人達を見回って来ます」

「私も、お産が間近な人がいるから見てくるわね」

二人は、それぞれ、丘の上でひしめき合って、寝《ね》かされている負傷者の所に行きました。

「ごくろうさんだね」

かすかな声の方を見ると、角尾《つのお》学長です。左手足に三角巾《さんかくきん》が巻かれています。

「学長」

昇《のぼる》は驚《おどろ》き、思わず学長の右手を取りました。

「これは……。広島と同じ、新型爆弾《ばくだん》だよ。世にも恐《おそ》ろしいものだ」

「えっ？　太陽が爆発《ばくはつ》したんじゃないのですか」

学長は、小さく首を振《ふ》りました。

「長崎医科大もやられてしまったね」

「残念です」

「きみは若い。この苦難《くなん》を乗り越《こ》えるんだよ」

「はい、必ず」

昇は、学長と直《じか》に話せたことを、大切に思いました。


「昇さん」

振《ふ》り向くと、葉子《ようこ》が、横たわっている富永《とみなが》先生のそばに、座っていました。

「お腹《なか》ん減《へ》ったばい」

「そうだね。朝から何も食べていないからね。

そうだ、いいものがあるよ」

昇は、ズボンのポケットに手を突《つ》っ込むと、しわくちゃになった紙に包んだ干《ほ》しイモを取り出しました。

「これ、兵器工場でもらったんだ。忘れていたよ。葉子《ようこ》ちゃん全部食べていいよ」

葉子は、その干しイモを一切れつまむと、父親の富永先生の口に持っていきました。

「父さん、干しイモたい」

「ああ……。葉子がお食べ……」

「父さんの食べんなら、うちは食べん」

富永先生は、ほほえみながら、葉子に干しイモ一切れを食べさせてもらいました。葉子も一切れ口に入れると、よくかみ締《し》めてつぶやきました。

「おいしか」

葉子は、残りの干しイモの紙包みを、昇に返しました。

「えっ？　葉子ちゃん、全部食べていいんだよ」

葉子は、頭を横に振《ふ》り言いました。

「みんな、お腹減っとるばい」

昇《のぼる》は、幼《おさな》い葉子《ようこ》の言葉《ことば》に、極限《きょくげん》における人間の尊さを感じ取りました。昇は自分は食べずに、横たわっている負傷者達の口に、一切れずつ干しイモをあるだけ入れて回りました。

「うまか」

その声に混ざって、かすかな声がしました。

「田口君」

昇が振り返ると、そこには斉藤《さいとう》さんがうつ伏《ぶ》せになっていました。背中《せなか》全体にガラス片《へん》が突《つ》き刺《さ》さっているのです。体は紫《むらさき》に変色していました。昇は言葉を失いました。

「僕《ぼく》は……もう……ダメや」

「斉藤さん、僕が、背中のガラス、全部取りますよ」

「ありがとう……。でも、もう終わりや……。無念《むねん》やけど。死んだら天国に行けると信じれる人はええな。僕は死ぬの怖《こわ》いわ……」

その後、斉藤さんは、容態《ようたい》が急変して荒《あら》い息となりました。その中から、しぼり出すようにつぶやきました。

「あた……ら……しい……がく……」

斉藤さんは、夢半ばで人生を絶《た》たれてしまいました。

（斉藤さん……無念です。無念ですよ。一緒《いっしょ》に未知の勉強がしたかった……）

二、八月一〇日

朝日が、いつものように金比羅山《こんぴらさん》から顔を出し始めました。しかしその光に照らし出された浦上《うらかみ》の街《まち》は、いつもの美しい街ではありませんでした。一面灰色の死の街と化《か》していました。所々、まだ炎が上がっていました。浦上天主堂も燃《も》えています。

永井《ながい》先生が深く切れたこめかみから、大量の血が噴《ふ》き出して、外科の調来助《しらべらいすけ》先生に止血《しけつ》の処置《しょち》を受けていました。昇は、グビロが丘に寝《ね》かされた負傷者を、見回っていきますが、すでに息絶《いきた》えている人々が多くいました。昇達は、その亡骸《なきがら》を運び出し、別の場所に移して、上からむしろなどをかけました。

丘の下からは、夜明けと共に、髪《かみ》の毛はチリチリに焼け、顔は真っ黒で見分けもつかないほどに膨《ふく》れあがり、素《す》っ裸《ぱだか》で焼けた皮膚《ひふ》が垂《た》れ下がった人達が列を作って、這《は》い上がって来ます。

昇達は、空いた場所にその人々を寝《ね》かせて、ヨードチンキや消毒薬をつけていきますが、それ以上の治療《ちりょう》はできません。もうガーゼもありません。

「水……水を……」

と、多くの者達が求めますが、昇は、昨日、水を飲んだ人達が、すぐに亡くなったのを見ていますので、水は与えないようにしています。

「焼け跡《あと》の医院地下室に、医療品《いりょうひん》とお米のあったばい」

看護婦《かんごふ》の一人が、嬉《うれ》しそうに叫《さけ》んで、運んで来ました。

看護婦達は、鉄かぶとを、お鍋《なべ》代わりにしてお米を炊《た》きました。水は丘の下にある湧《わ》き水から汲《く》んできました。昇達《のぼる》は、発見されたオキシフルやマーキュロの粉末を、焼けただれた皮膚《ひふ》に塗《ぬ》り、ガーゼや包帯《ほうたい》をして回りました。

横たわっている富永《とみなが》先生のそばにやって来ました。葉子《ようこ》は先生に抱かれるように眠っていました。

「富永先生、お具合《ぐあい》は如何《いかが》ですか。ズボンが真っ赤です。中の傷《きず》を診《み》てみましょう」

昇が、先生のズタズタになったズボンを下にずらすと、目を見張りました。お腹《なか》が裂《さ》けて腸《ちょう》がはみ出ていたのです。

「下半身の内臓《ないぞう》はことごとくやられたみたいだ。時間の問題だよ」

昇は、唇《くちびる》をかみ締《し》めながら、先生のお腹にガーゼを被《かぶ》せて、包帯《ほうたい》で巻きましたが、すぐにそれも真っ赤に染《そ》まりました。

「昇君。私はもう長くはない……。どうか葉子《ようこ》のことを頼《たの》む」

富永先生は、弱々しく手を差し出しました。昇はその冷たい手を包むように握《にぎ》り、深くうなずきました。その時、葉子が目をこすりながら起きてきました。

「葉子ちゃん、おはよう。炊《た》きたての白米のおにぎりよ」

百合子《ゆりこ》が、おにぎりを配っていました。

「うわー、白米のおにぎりやかね」

葉子が、歓声《かんせい》を挙《あ》げました。

「葉子、父さんのもお食べ……」

葉子は、頭を左右に振《ふ》り、昨日と同じことを繰《く》り返しました。

「父さんの食べんなら、うちは食べん」

富永先生は、笑いながら一口食べました。葉子もニコニコ笑って、美味《おい》しそうに食べました。

その時、飛行機の音がして、空から沢山《たくさん》の白い紙が舞《ま》い降《お》りて来ました。

（日本国民に告ぐ。米国は今や何人《なんびと》もなし得なかった極《きわ》めて強力な爆弾《ばくだん》を発明するに到《いた》った。今回発明せられた原子《げんし》爆弾は只《ただ》その一個をもってしても優《ゆう》にあの巨大なB29、二千機が一回に搭載《とうさい》し得た爆弾に匹敵する……）

「原子爆弾？」

昇は、震《ふる》える手で、アメリカ軍が撒《ま》いたと思われるビラを読みました。

「うーむ……」

こめかみの止血《しけつ》を終えた永井《ながい》先生が、立ちながらビラを見詰《みつ》めてうなっています。

「日本人が本土決戦を覚悟《かくご》して、竹やりの訓練《くんれん》をしている時に、アメリカは原子爆弾を完成させたのか……」

「永井先生、原子爆弾とはどんなものですか？」

昇は、初めて聞く原子爆弾について、たずねました。

「ふむ……。私もこの原子爆弾については、まだよく分かっていない。ただ、今までに無い、とてつもなく恐《おそ》ろしいものだろうな」

昇は、昨日、山里《やまざと》国民学校の校庭に、無残《むざん》にも散乱していた子どもたちの黒こげの死体を、思い起こしました。

「昇《のぼる》さん、父さんが……」

葉子《ようこ》が、昇を呼びに来ました。

富永《とみなが》先生は、意識《いしき》がないのか、目をつむって肩で呼吸をしています。

「富永先生」

昇は、そっと先生の肩をゆすりました。先生は薄《う》っすらと目を開けました。

「昇君、葉子を……」

「父さん」

葉子は、富永先生にすがりついて泣き叫《さけ》びます。

「葉子……父さんは天主さまの元に召《め》されるよ……。死は終わりではなく……始まり……だよ。……こ・わ・く・な・い……」

富永先生は、葉子を両手で包むようにして、静かに息を引き取りました。葉子はそこから動こうとしませんでした。

「富永先生……」

昇は、長崎で父親代わりに、親身《しんみ》に世話をしてくれた富永先生に、心から手を合わせました。先生は、とても安らかな顔でした。

昇は、富永先生のように、死んだら天主さまのおそばに行けると信じる人と、斉藤《さいとう》さんのように、死んだら一切《いっさい》の終わりと思う人との大きな違《ちが》いを、思い知りました。死に対する恐怖感《きょうふかん》も全く異なります。昇はその両者の死に際《ぎわ》に立ち会い、医者としては、両方の人の心に寄り添《そ》うことが、大切だとしみじみと思いました。

原爆投下《げんばくとうか》の翌日《よくじつ》、グビロが丘の上に横たわっていた負傷者は、次々と息を引き取ります。比較的《ひかくてき》軽症と思われた人も、口、鼻、耳などから出血をしたり、下血をして亡くなっていきます。

その空いた所には、下から辿《たど》り着いた重度のやけどなどの負傷者が、横たわります。もうグビロが丘の上は、一杯です。昇は百合子《ゆりこ》と共に、オキシフルとマーキュロとガーゼで治療《ちりょう》をして回ります。

応急処置《おうきゅうしょち》が終わったお昼過ぎ、百合子が昇に言いました。

「一度、松山町の家を見に行きたいのだけど。負傷者の方々を置いてはダメよね」

百合子は、昨日から一睡《いっすい》も寝《ね》ずに、救援《きゅうえん》活動に没頭《ぼっとう》してきました。本当は自分の父母の安否《あんぴ》が、心配でならなかったことでしょう。

「僕《ぼく》も一緒《いっしょ》に行きますよ。街《まち》には、まだ取り残された負傷者が沢山《たくさん》いるでしょう。マーキュロやガーゼも持ってね」

百合子は、昇が医療《いりょう》活動の名目で、ついて行ってくれることに感謝《かんしゃ》しました。葉子は、看護婦《かんごふ》達の所にいました。

「葉子ちゃん、ちょっと下の街《まち》を見てくるからね」

昇《のぼる》の言葉《ことば》に、葉子《ようこ》はすがるように言いました。

「母さんば、見つけて来てね」

「一生けん命に探《さが》して来るからね」

昇は、一昼夜、炎で燃え尽《つ》くされた浦上《うらかみ》を思うと、葉子の言葉《ことば》が重く残りました。


昇と百合子《ゆりこ》が丘から降《お》り立った浦上の街《まち》は、想像を絶《ぜっ》する死の世界となっていました。すべてが燃え尽くされ、倒《たお》れ崩壊《ほうかい》しています。人影《ひとかげ》も民家も無く音さえ消え去り、全《すべ》てを喪《うしな》った街でした。

二人は、呆然《ぼうぜん》として言葉を失っていました。百合子が独《ひと》り言《ごと》のようにつぶやきました。

「これでは、方向も何も分からないわ」

その時昇は、木が何段にも組まれて、燃えている広場を見つけました。何とそこは、昨日、葉子を見つけた山里《やまざと》国民学校だったのです。黒こげで放置《ほうち》されていた子どもたちの死体が、二、三人の大人によって、火葬《かそう》されていたのです。助かった学校の先生でしょうか。昇と百合子は、浦上の地に降りて初めて生きている人に会いました。

昇と百合子は、手を合わせて、子どもたちが煙《けむり》と共に、空高く昇《のぼ》っていくのを見送りました。

山里国民学校の横には、浦上川の支流がありました。

「この川の向こうが、私の家のある松山町よ」

二人が川に近づくと、そこには、目を覆《おお》いたくなるような光景が広がっていました。黒こげの死体や

竹ノ久保町浦上川沿いの破壊された民家（長崎原爆資料館所蔵）

焼死体が、川を埋め尽《う》くしていたのです。きっとみんな、水を求めて川に殺到《さっとう》したのでしょう。でも橋もないし、この死体の山を乗り越えて行かないと、百合子の家に行けません。

「百合子さん目をつむって、僕《ぼく》が手を引いて行きますからね」

二人は『ごめんなさい、ごめんなさい』といいながら、死体の川を渡《わた》って行きました。

でも、行き着いた松山町には、家も人も動物もなにもありません。一面燃え尽きた灰の町となっていました。

「せめて、父さんや、母さんのお骨だけでもと……」

百合子の言葉は、最後消え入りました。でも百合子は、しばらくするとリュックから巾着袋《きんちゃくぶくろ》を取り出して、家の辺《あた》りの灰をすくって入れました。その後、富永《とみなが》家の跡《あと》のほうに移動して、そこの灰も入れました。

「母さんと広子さんは、姉妹みたいに仲が良かったから、きっと一緒《いっしょ》がいいわね」

百合子《ゆりこ》は、自分に言い聞かせるように、つぶやきました。

（おいの自転車ば使えば良かばい）

昨日の朝の大造《だいぞう》さんの明るい大きな声が、昇《のぼる》の心の中でこだましています。

夕方、昇と百合子は、疲《つか》れ切って、長崎医科大学の裏《うら》のグビロが丘に戻って来ました。それを待ちかねていたように、一人の看護婦《かんごふ》が駈《か》け寄りました。

「ちいっと（ちょっと）、葉子《ようこ》ちゃんの具合《ぐあい》の悪かごたる（悪いようです）」

昇は、急いで、寝《ね》かせられている葉子のそばに行きました。

「葉子ちゃん」

と、声をかけると、葉子は薄《う》っすらと目を開けました。今朝まで、どこもケガもなかったのですが、今は手や足など見えているところに、紫色《むらさきいろ》のあざが浮かんでいます。

「母さんは……」

昇は一瞬《いっしゅん》、口ごもりましたが、百合子が横から言いました。

「お母さんは、別の病院で手当をしてもらっているから、安心してね」

葉子はかすかにうなずきました。でも昇は、葉子が半日くらいで、これほど弱ってしまったことが、理解できませんでした。

その晩から、葉子の容態《ようだい》が急変しました。体中のアザは、濃《こ》い紫に変色して、口の周《まわ》りに水泡《すいほう》ができ、さらに血の混《ま》ざった下痢《げり》を繰《く》り返すようになったのです。百合子は付きっ切りで、下痢の処置《しょち》をします。昇も、他の先生に、治療《ちりょう》を相談しますが、みんなどうしたらよいか分かりません。下痢がひどいので、水分補給《ほきゅう》はこまめにしています。

昇も百合子も、夜通し葉子の枕元《まくらもと》に付いています。しかし昇は、昨晩から一睡《いっすい》もしていないので、葉子の横で眠り込んでしまいました。

「昇さん、昇さん」

百合子が、昇を揺《ゆ》り起こしました。

「葉子ちゃんが……」

昇が、がばっと起きて、隣《となり》で寝ている葉子をみると、何と口、耳、鼻など体中の穴から多量に出血しているのです。それに口の周《まわ》りの水泡《すいほう》は広がっています。

「苦しか……苦し……か……」

葉子は、もがきのたうち回っています。

「葉子ちゃん、葉子ちゃん」

昇は、必死に名を呼びますが、葉子はけいれんを起こしています。

昇《のぼる》は、思わず心の中で叫《さけ》びました。

（神様……葉子《ようこ》ちゃんを助けてください）

と、その時、葉子が薄《う》っすらと目を開け、ささやきました。

「母……さん。父……さ……」

葉子は、父母に迎《むか》えられ、苦しみから解放されて、天に昇《のぼ》っていきました。そばで百合子《ゆりこ》が、一心に祈《いの》っていました。

「なぜ、なぜなんだ……。ケガ一つしていなかった葉子ちゃんが……」

昇は、真夜中の闇《やみ》に囲まれながら、呆然《ぼうぜん》と立ちすくみました。今までの地獄《じごく》から、さらなる恐《おそ》ろしい闇が、迫《せま》っていることを、昇は感じ取っていました。

三、八月一一日以降

その夜を境に、葉子のように比較的軽症だった人々も、次々と亡くなり始めたのです。

最初は、

「ムカムカする」

などの不快感を訴《うった》え、口の周りや口の中に水泡《すいほう》がいくつも表われます。さらに血便《けつべん》の下痢《げり》と、髪《かみ》の毛が抜《ぬ》けて、体中に紫《むらさき》のあざが浮かび上がるのです。

「これは、もしかしたら、赤痢《せきり》かもしれないな……」

先生達が、深刻《しんこく》な顔つきで話しています。

「一応、血便のある人は、別な場所に移動させましょう」

血便の下痢はひどく、看護婦《かんごふ》達は、その処置《しょち》に奔走《ほんそう》しています。葉子のように、口、耳、鼻などから血が吹き出している人もいます。

昇達は、なす術《すべ》もありません。先生や医学生達が、黙《だま》って集まっています。その沈黙《ちんもく》を破って、永《なが》井《い》先生がつぶやきました。

「実は、私も今朝から、何か二日酔《よ》いのように気持ちが悪く、フラフラしているんだ」

昇達が驚《おどろ》いて、永井先生を見詰《みつ》めました。先生は話を続けます。

「私は、かつて毎日のようにX線の透視《とうし》を患者に行ってきた。すると週末になると決まって、気分が悪くなったんだ。これを私達はレントゲン・カーター（レントゲン宿酔《ふつかよい》）と呼んでいた。今回の二日酔いのような状態と、全く同じなんだな」

「えっ？　じゃあ、今回の新型爆弾《ばくだん》からも、X線のようなものが出ているのでしょうか」

医学生が、動揺《どうよう》しています。永井先生は落ち着いて話します。

「新型爆弾が本当に原子《げんし》爆弾かどうかもまだ分からない。たとえ原子爆弾だとしても、どんな放射線が生じるのかは、今の私には分からない。

しかし、やけどや怪我《けが》の治療《ちりょう》だけではすまない……もっと恐《おそ》ろしいことと、我々《われわれ》は向かい合っているように思える」

その時は、これが本当に原子爆弾《げんしばくだん》なのか、また原子爆弾とはどのようなものかも、まだ分からず、みんな恐怖《きょうふ》と不安で、沈痛《ちんつう》な面持《おもも》ちになり静まり返りました。

「きつか……。きつか……」

昇《のぼる》が、苦しむ患者を抱きかかえた時、その背中に白いご飯粒《はんつぶ》が、びっしりと付いていました。

（あれ？　おにぎりを背中の下に敷《し》いたのかな）

と、昇が不思議《ふしぎ》に思った瞬間《しゅんかん》、それらが動いているのです。昇がご飯粒と思ったのは、なんと蛆《うじ》だったのです。白い蛆が背中《せなか》一面にうごめいているのです。

「うわー」

昇は、思わず叫《さけ》びました。昇は蛆を初めて見たのです。その声に医科大生や看護婦達《かんごふたち》が集まりました。

「ああ、蛆虫だな。ハエがいやに多いと思った。患者の傷口に卵を産みつけて、大量の蛆が発生したんだ」

年上の医科大生の言葉に、みんな患者を点検しだしましたが、ほとんどの負傷者の傷口に、無数の蛆が湧《わ》いていました。医療従事者《いりょうじゅうじしゃ》は、悪臭《あくしゅう》に耐《た》えながら、根気よく蛆を取り除いていきます。

しかし、炎天下の中、大量に発生したハエが活発に動き回り、焼けただれたり、膿《うみ》や血が出ている傷口にむらがり卵を産みつけていきます。

「野ざらしで苦しむ患者達を、これから、どうしたらよいのか」

絶望感《ぜつぼうかん》が、みんなの間に広がっていきました。

「臨時救護所《りんじきゅうごしょ》を設置《せっち》します」

午後、長崎医科大学近くの警防団《けいぼうだん》が救援《きゅうえん》に来てくれました。焼け残った附属《ふぞく》医院玄関部分を救護所とすることになりました。

「良かった、良かった」

医科大学の医療従事者達は、この救援に手を取り合って、喜びました。

グビロが丘に避難《ひなん》していた負傷者達を、担架《たんか》などで、再び病院玄関前に移動させました。

患者がいなくなったグビロが丘の上の空き地では、木を組み、亡くなった人々を幾重《いくえ》にも並べて、火葬《かそう》を始めました。浦上《うらかみ》の丘の上から、煙《けむり》が青く澄《す》み渡った空に昇《のぼ》っていきます。

長崎医科大学だけでも、医師、看護婦、事務員など三〇二名、医科大学生五九五名の、合計八九七名が亡くなりました。

昇達は、空に上がる煙を見ながら、手を合わせました。その中には、一昨日と昨日、続いて亡くなった富永《とみなが》先生と斉藤《さいとう》さんも含《ふく》まれています。

（富永先生、葉子《ようこ》ちゃんを守れなくて、申し訳ありません。もし、あの世というものがあるなら。どうか先生、奥さん、葉子ちゃん、三人で幸せに暮してください）

昇は、このようなまさしく地獄《じごく》を体験して、あの世か天国というものがあればと、思わざるを得ませんでした。しかしそれと同時に、死は全《すべ》ての終りと、怖《おそ》れつつ亡くなった斉藤《さいとう》さんのことも、思い起こしました。

医院玄関部分に救護所《きゅうごしょ》は設置《せっち》されましたが、負傷者の数は増える一方で、ここだけでは治療《ちりょう》が困難《こんなん》となりました。

「私は明日から、近くに焼けどに効《き》く鉱泉《こうせん》のある三ツ山《みつやま》に、何人かの看護婦《かんごふ》と医科学生を連れて移動しようと考えています。そこを拠点《きょてん》に、市内の負傷者の治療の往診《おうしん》を行おうと思います」

永井《ながい》先生が角尾《つのお》学長の代行である古屋野宏平《こやのこうへい》先生に申し出ました。永井先生は原爆投下《げんばくとうか》直後から救《きゅう》援活動《えんかつどう》に没頭《ぼっとう》して、浦上《うらかみ》の街《まち》の奥さんの安否《あんぴ》も確認できず、また三ツ山にいる二人の子どもたちとも会えていなかったのです。

永井先生に続いて、調《しらべ》先生も願い出ました。

「角尾《つのお》学長を始め、重症な患者達を私の疎開先《そかいさき》の滑石町《なめしまち》に、トラックで輸送《ゆそう》してもらおうと考えています。道ノ尾《みちのお》駅の近くで、諫早《いさはや》や大村《おおむら》海軍病院に転院させることもできます。建物は滑石にある大《だい》神宮拝殿《じんぐうはいでん》と公民館の岩屋《いわや》クラブを借りようと思います」

「調先生、永井先生、どうかよろしくお願いします。私は、ここに残って生存者、負傷者、死亡者、行方不明者など、人々の安否《あんぴ》や情報《じょうほう》の窓口になります」

代行の古屋野先生は、調先生や永井先生と、今後の救護活動を取り決めました。

昇《のぼる》は、三人の先生方の話に耳を傾《かたむ》けていましたが、角尾学長が、調先生の救護所で治療を受けられると聞き、調先生に付いて行くことを決めました。百合子《ゆりこ》も昇と行動を同じくすることにしました。二人はそのことを、古屋野先生に報告《ほうこく》しました。

一二日の朝、永井先生のグループは三ツ山に向けて、医薬品や食料を携《たずさ》えて出発しました。一方、調先生の救護班《きゅうごはん》は、百合子などの看護婦が、先に滑石町の大神宮拝殿と岩屋クラブに行き、部屋の掃除《そうじ》や、町内会の役員に頼《たの》んで布団《ふとん》などの準備をしました。

調先生を始め、昇達も医薬品や食料をリヤカーに載《の》せて、お昼過ぎには滑石町の救護所に到着《とうちゃく》しました。

診療所《しんりょうじょ》の整備がすみ、患者を待ちましたが、一向に到着しません。輸送車《ゆそうしゃ》の都合がつかないようです。夜中になり、やっと負傷者達が着きました。みなぐったりとはしていますが、久しぶりに屋根のある屋内《おくない》に入れ、その上、布団《ふとん》まで用意されていることに、喜んでいました。

ただ、角尾《つのお》学長は三八度以上の高熱があり、大神宮拝殿に寝《ね》かされましたが、心配な状態《じょうたい》です。他《ほか》の者も重傷者ばかりで、発熱や下血《げけつ》が止りません。破傷風《はしょうふう》を発症《はっしょう》する負傷者も多いのです。

最初、四〇名余りいた患者は、次々と亡くなり、昇や百合子はその方達の火葬《かそう》に追われました。また、町内会からは、往診《おうしん》も頼《たの》まれて、食事をとるひまもない忙《いそが》しさでした。

一五日に天皇陛下《てんのうへいか》からの大事なお言葉《ことば》が、ラジオで放送されるとのことでしたが、昇達には、それ

を聞く時間も全《まった》くありませんでした。後から、町の人達が、

「戦争の終わったげな（終わったそうだ）……。日本は負けたとじゃろ……」

と、話しているのを聞いて、昇《のぼる》は愕然《がくぜん》としました。負けた悔《くや》しさよりも、遅《おそ》かった戦争終結に憤《いきどお》りが、わき上がりました。

（なぜ、もう一〇日早く戦争が終わらなかったのか……。広島や長崎にこんな恐《おそ》ろしい爆弾《ばくだん》が落とされる前に……）

角尾《つのお》学長の容態《ようだい》は悪化しています。高熱が下がらず、下血も加わっています。他の患者達も、皮下《ひか》斑点《はんてん》や下痢《げり》などの症状《しょうじょう》が表われると、苦しみながら息絶《いきた》えていくのです。

一六日には、調《しらべ》先生の長男が、自宅で亡くなられたとのことです。一八歳《さい》だったそうです。それに一六歳の次男も、行方不明とのことです。

昇は、自分の息子が亡くなったにも関らず、被災者救済《ひさいしゃきゅうさい》のために尽《つ》くされている調先生に、尊敬《そんけい》の念を抱《いだ》かざるを得ませんでした。

一八日になるとアメリカ軍上陸のうわさが、救護所《きゅうごしょ》で広まっていました。看護婦《かんごふ》達は、怖《こわ》がり、家に帰して欲《ほ》しいと、口々に訴《うった》えています。調先生は、しばらく考え込んでいましたが、決断をみんなに伝えました。

「看護婦さん達にもしものことがあったら、親御《おやご》さん達に申し訳ない。本日をもってこの救護所を閉鎖《へいさ》しよう。わずか六日間の救護作業であったが、戦場のような忙《いそが》しさの中、みなよく誠心誠意働いてくれた。深く礼を言う。残った負傷者は、諫早《いさはや》か大村《おおむら》の病院に転送しよう」

看護婦達は、それぞれ自宅などに引き揚《あ》げていきました。でも調先生は、高熱の続く角尾学長の治《ち》療《りょう》と、往診は続けるとのことです。昇と百合子《ゆりこ》は、申し合わせたように、救護所に残ることにしました。後、数人の医科大生も留《とど》まるそうです。

「あなたは、家に帰らなくても良いのですか」

調先生が、看護婦として一人残った百合子にたずねました。

「はい。私には、戻《もど》る家も家族もありません。ここで先生のお役に立てれば、嬉《うれ》しいです」

「あなたは、勇気のある女性ですが、本当に大丈夫《だいじょうぶ》なのですね」

「先生、大丈夫ですよ。僕が彼女のことを、守り抜《ぬ》きますから」

昇が、語気《ごき》を強めて、割《わ》って入りました。

「そうか、そうか。若い二人の、絆《きずな》の強さ……。いいねえ」

調《しらべ》先生は少し驚《おどろ》いたようですが、笑顔《えがお》になりうなずいています。百合子は、はにかみながら下を向きました。昇も、その場の様子《ようす》に、頭をかいています。

二二日になると、前夜から意識が混濁《こんだく》し始めていた角尾学長が、ついに午前一〇時に亡くなられてしまいました。

「巨星地《きょせいち》に墜《お》つ」

自分の息子が亡くなっても、気丈《きじょう》に振《ふる》まっていた調先生が、がっくりと肩を落とされました。遺骸《いがい》は焼け残った医院玄関で、しめやかにお通夜が、そして翌《よく》二三日に告別式《こくべつしき》が行われました。角尾《つのお》学長は、愛する長崎医科大学の地で、荼毘《だび》に付《ふ》されました。

昇《のぼる》は、角尾学長から、もっともっと多くのことを教わりたかったと、残念で悔《くや》しくてたまりませんでした。卓越《たくえつ》した医学者であった角尾学長を、自己の範《はん》としようと、昇は天に昇って行く煙《けむり》を眺《なが》めながら、堅《かた》く心に誓《ちか》いました。

角尾学長が亡くなられた後、調《しらべ》先生が体調を崩《くず》しました。

「私も、どうも永井《ながい》先生が言うレントゲン・カーターにかかったのかもしれないな」

調先生は、全身の倦怠感《けんたいかん》が強く、起き上がれないほどに弱り、しばらく自宅で休むことになったのです。

「すまないね。私がしっかりしないといけないのに。君達のことは、大村《おおむら》海軍病院に紹介状を書いたから、そこで被災者《ひさいしゃ》の救済《きゅうさい》を続けてくれたまえ。私も回復次第《しだい》、駆《か》けつけるからね」

昇は、調先生の手を取りました。

「先生、ゆっくりとお休みください。先生は新型爆弾投下《ばくだんとうか》直後から、不眠不休で救護《きゅうご》活動をされてきました。ここで一休みされて、また、僕達の所にお戻りください。僕達は、大村海軍病院で、先生をお待ちしています」

そばで、百合子《ゆりこ》もうなずいています。調先生は、嬉《うれ》しそうにほほ笑《え》んでいました。

長崎市内では、鉄筋コンクリートの建物で倒壊《とうかい》を免れた新興善《しんこうぜん》国民学校において、長崎医科大学の

新興善国民学校救護所（長崎原爆資料館所蔵）

先生や学生が中心になって、重傷者の収容と負傷者の外来診療《しんりょう》を開始したとのことです。

第五章　終戦

一、守山《もりやま》での再会

「ああちゃん」

「キミちゃん」

キミ子と朝子は、ぶつかり合うように、勢いよく抱き合いました。

天皇陛下《てんのうへいか》から、ラジオを通して、終戦の勅語《ちょくご》があった八月一五日の翌日《よくじつ》、キミ子は守山に疎開《そかい》している朝子を訪《たず》ねました。朝子には、お母さんの夕子や、おばあさんが亡くなったことは、知らせていませんでした。昇《のぼる》には手紙を書きましたが、まだ幼《おさな》い朝子には、直接話そうと思ったのです。

「母さんや、おばあちゃんは？」

やはり朝子は、開口《かいこう》一番、二人の安否《あんぴ》をたずねました。

「ああちゃん、ダメ……辛《つら》くて言えないわ」

「そう……。やっぱり亡くなったのね。守山の叔父《おじ》さん達が、六月の始めに、神戸は大空襲《だいくうしゅう》でほとんどの者が死んだと、話していたのを聞いていたから……」

「私だけが生き残ってしまって……。その負《お》い目に苦しんでいるわ。本当は、お母さまやおばあさまと一緒《いっしょ》に、死ねれば良かった」

「キミちゃんは、母さんやおばあちゃんに、私と一緒に守山に疎開するように、一生けん命に説得してくれたわ。キミちゃんの言う通りにすれば、良かったんだわ……。キミちゃんは、いつも私達家族を守ろうとしてくれているのよ。私には分かるわ」

「ああちゃん、そんな……」

キミ子は、朝子から厳《きび》しく責《せ》められることを覚悟《かくご》していただけに、朝子の清《す》み透《とお》った言葉《ことば》が、キミ子が嘆《なげ》き、もがいてきた心のもやを晴らしていってくれるのです。

また、キミ子は朝子の毅然《きぜん》とした態度《たいど》にも驚《おどろ》いていました。大きな声で泣いていた昔の朝子とは、別人のようです。キミ子は、朝子が知らない疎開先で、色々な辛いことを、きっと我慢《がまん》してきたのではと察《さっ》しました。


その想像は当たっていました。朝子は守山の国民学校でも、

「疎開っ子、逃げて来た子」

と、いじめられました。また、守山のおじさんの家では、歳《とし》をとった寝《ね》たきりのおばあさんや、幼い五人の子どもの世話で人手が足りないと、子守《こもり》や掃除《そうじ》や洗濯《せんたく》などの家事もさせられました。

朝子は、いつも夜寝る前、リュックの底に、布で包み隠《かく》し持ってきた西洋人形のジェーンちゃんを、取り出してほほずりしました。そうすると魔法《まほう》のように、朝倉先生やジェーンさんも交えた、神戸の家族そろった楽しかった情景《じょうけい》が、目の前にありありと浮かんでくるのでした。

キミ子は、たまりかねて言いました。

「ああちゃん、いつものように、思いっきり大きい声で泣いていいのよ」

でも朝子は、静かに首を振《ふ》りました。

「大きな声で泣けていた時は、温かい家族みんなに囲まれて、本当に幸せだったんだわ」

キミ子は、朝子の深い悲しみと、また、その心の成長を感じ取り思いました。

（これからは、ああちゃんではなく、朝子さんと呼ぼう）


「実は、朝子さんに相談があるのよ。昇《のぼる》さんが下宿している長崎に、八月九日に新型爆弾《ばくだん》が落とされたの」

「叔父《おじ》さんが、広島と同じ新型爆弾が長崎に落とされて、長崎は全滅《ぜんめつ》したと言ってたわ」

「そうなの。大変な状況《じょうきょう》らしいのよ……。でも、私は、昇さんは、きっと生きていると思うの。いいえ、絶対に生きているわ」

キミ子の信念《しんねん》に満ちた強い声に、朝子は最初驚《おどろ》きましたが、キミ子の一念に引き込まれました。

「私は、いったん神戸に戻《もど》って、食料や衣料や医薬品などを集め、国鉄《こくてつ》の運行状況も調べて、長崎まで昇さんを探《さが》しに行こうと決めているの」

「キミちゃん、私も連れて行って」

「朝子さんの気持ちは、分かるわ。でも、終戦の混乱で、列車に乗るのは命がけなのよ。それに長崎はひどい状態《じょうたい》で、今は人も寄り付けないと聞いているのよ。でも私は、何としても、命をかけてでも昇さんを探しに行きたいの。

朝子さん、お願い。九月になったら必ず迎《むか》えに来るから。それまでここで待ってて」

キミ子の一途《いちず》な願いは、朝子の心を動かしました。

「キミちゃん、分かったわ。キミちゃんが今までに言ってきた事で、間違《まちが》ったことはなかったわ」

キミ子は帰り際《ぎわ》、真剣《しんけん》な顔つきで朝子と向かい合いました。

「朝子さんに、もう一つ大事なお話しがあるのよ。実は、神戸への空襲《くうしゅう》が激《はげ》しくなって来た時に、お母さまやおばあさまと相談して、田口家の貴重品《きちょうひん》が入った金庫《きんこ》を、井戸の近くのツバキの横に埋《う》めたの。ツバキは焼けずに残っているわ。もし、私に万が一のことがあったら……。お父さまが戻《もど》られるまで、朝子さんが管理してくださいね。これ、金庫を開ける番号を書いた紙です。ひもの長い小さな袋《ふくろ》を作りましたから、この紙を入れて、首からぶら下げて隠しておいてくださいな」

「そんな、キミちゃんに万が一のことって……。そんなのイヤよ……。絶対九月になったら、絶対迎えに来てね。約束《やくそく》よ」

「ええ、きっと迎えにきますよ」

キミ子は、御影《みかげ》に戻ると、伸助《しんすけ》の助けで、長崎への救援物資《きゅうえんぶっし》を集めました。伸助は、最初は、新型爆弾で全滅したと言われている長崎にキミ子が行くことを必死に止めましたが、キミ子の意思の強さに負けたのです。

それからキミ子は、二日かけて、やっと長崎行きの国鉄《こくてつ》の乗車券《じょうしゃけん》を、買うことができました。三ノ宮《さんのみや》発七時五分、博多《はかた》着二三時四一分の『博多三三号』です。でもその先の長崎までは、国鉄が動いているかも、どこまで行けるのかも分かりません。このことは、伸助《しんすけ》が心配するといけないので、話していません。

八月二三日の早朝、キミ子は大きなリュックを背負い、伸助に送られて三ノ宮のホームに立ちました。一時間ほど遅《おく》れて到着《とうちゃく》した列車は、もうすでに鈴《すず》なりの人で、満杯《まんぱい》で乗り込めそうにもありません。

「キミちゃん、ここや、ここや。ここなら少し空いてる」

伸助が、後ろの屋根の無い貨車《かしゃ》の上から、手を振《ふ》り大声で呼んでいます。

「キミちゃん、貨車やけどここに乗り。夏やから、ギュウギュウ詰《づ》めの中よりええわ。雨降《あめふ》ってきたらカサさしてな」

「伸ちゃん、ありがとう。きっと、昇《のぼる》さんを探《さが》し出して、連れて帰るわね」

「キミちゃん、気いつけてな。無理せんとな。田口の台所広うして待ってるからな」

二人は、お互《たが》いが見えなくなるまで、手を振り続け合いました。

昭和二〇年八月一五日、日本は敗戦《はいせん》して、日本全土は破壊《はかい》し尽《つ》くされました。でもそのような中でも奇跡的《きせきてき》にかろうじて国鉄は動いていたのです。車両の被害《ひがい》も甚大《じんだい》で、線路などの設備《せつび》の状態《じょうたい》も劣悪《れつあく》でしたが、なんとか最低限の輸送《ゆそう》を維持《いじ》していました。これは日本国民にとって大きな心の支えとなりました。

しかし、その残された限られた輸送の国鉄に、人々は殺到《さっとう》したのです。日本軍の戦地からの復員軍人《ふくいん》達、旧植民地《きゅうしょくみんち》からの引き揚《あ》げ者、疎開地《そかいち》からの児童、ヤミ市や地方への買出し者など、膨大《ぼうだい》な数の人達を、貨車も使い運びました。この国鉄により、日本の敗戦からの復興《ふっこう》が始まったとも言えるでしょう。

二、原爆投下《げんばくとうか》後の長崎へ

汽車は多くの駅に停《と》まりながら、博多駅《はかたえき》に到着《とうちゃく》したのは、四時間遅《おく》れの翌日《よくじつ》の二四日の午前四時前でした。途中《とちゅう》、原子爆弾《げんしばくだん》が投下《とうか》された広島を通った時には、何もかも無くなった異様《いよう》な景色に、呆然《ぼうぜん》として不安が胸《むね》を覆《おお》いました。

キミ子は貨車に乗りながら、門司《もじ》からの長い関門《かんもん》トンネルもくぐって、やっと博多に着いたのです。博多の駅の待合室は、人ごみでごったがえしていました。さすがのキミ子もクタクタになり、リュックを待合室の片隅《かたすみ》の地べたに置くと、そのリュックにもたれかかるように座り込みました。そのままキミ子は、眠ってしまいました。

「あの……。どこに行くとかね。もう汽車は出てしもうたばい」

キミ子がハッと目覚《めざ》めると、朝の八時を過ぎていました。

「えっ？　長崎に行きたいのです。汽車は？」

「長崎本線の汽車は、七時に出てしもうたばい」

「まあ……。どうしましょう」

キミ子は、自分自身の失態《しったい》に、思わず、手で顔を覆《おお》いました。

「そがん（そんなに）泣きなさんな。ばってん（でも）、油のドラム缶《かん》ば運ぶ貨車《かしゃ》はあるけん、ちっと（少し）待ったが良かばい」

初老《しょろう》の親切な駅員の言葉《ことば》に、キミ子は顔を上げて目を輝《かがや》かせました。ふと、顔を覆っていた両手を見ると、真っ黒なのです。

「ははは……。蒸気機関車《じょうききかんしゃ》の貨車に乗って来たとかね。トンネルば通るけん、すすで真っ黒やかね」

駅員は腰《こし》にぶら下げていた手ぬぐいで、キミ子の顔をふいてくれながらたずねました。

「とーか（とおい）とこから、来たとね？　新型爆弾《ばくだん》ば落とされた長崎に、誰《だれ》かば探《さが》しに来たとね？」

「神戸から参《まい》りました。長崎医科大学に通っていた学生を探しに来ました」

「長崎医科大ね……。あそこはひどかごたる（ひどいようだ）。爆弾が落ちた近くじゃったけん」

駅員の言葉をさえぎるように、キミ子は言いました。

「でも、わずかでも生き残っている者はいると思います。その中に必ずいます」

その強い口調に、駅員は少し驚《おどろ》きましたが、静かにうなずきました。

「そうさね（そうだね）。きっと生きとるばい」

その時、重油《じゅうゆ》のドラム缶をたくさん積《つ》んだ貨物列車が、駅に到着《とうちゃく》しました。待合室にいた何人かも、その貨車に乗り込みました。

「駅員さん、ありがとうございます。本当に、本当に助かりました」

「おいも長崎出身たい。身内のたくさん死んだばい。ばってん、娘は助かったけん、あんたもがんばらんばよ」

キミ子は、ドラム缶の間に座り、駅員に向かってにこやかに手を振《ふ》り、九時に博多駅《はかたえき》を後にしました。

貨物列車は、博多駅を出て二時間ちょっとで、肥前《ひぜん》山口に到着しましたが、そこで三時間近くの時間調整《ちょうせい》が行われます。

運転手も降《お》りて休憩《きゅうけい》です。キミ子も貨車からホームに降りました。キミ子は、運転手にたずねました。

「長崎医科大学に行くには、どこの駅が一番近いですか？」

「ああ、浦上《うらかみ》たい。新型爆弾の落ちて、大橋《おおはし》の鉄橋の壊《こわ》されたとばい。ばってん二日後には復旧《ふっきゅう》したとよ。国鉄はすごかね」

運転手は、ほこらしげに語りました。キミ子もうなずきながら、さらにたずねました。

「こんなにたくさんのドラム缶の油は、何に使うのですか？」

「ああ、ランプたい。ばってん（しかし）ほんとーばゆーたら（本当を言うと）、死体がたくさんあるけん、こん油で焼くとよ」

運転手の悲しみを秘《ひ》めた瞳《ひとみ》を見て、キミ子は言葉を失いつつ、貨車《かしゃ》に積《つ》まれた多くのドラム缶を見《み》詰《つ》めました。

貨物列車は、正午ごろに再出発して二時間位で、浦上《うらかみ》の手前の道ノ尾《みちのお》の駅に着きました。ここで、半分以上のドラム缶《かん》が降《お》ろされました。

この辺《あた》りから、列車から見える周りの風景《ふうけい》が、急に変わってきました。広島を通過した時と同じ何もない荒廃《こうはい》した景色《けしき》です。キミ子は、真夏なのに寒気《さむけ》を感じました。

列車が進むにつれ、それは、荒廃というより、鉛色《なまりいろ》の死の街《まち》へと変貌《へんぼう》していきました。到着《とうちゃく》した浦上の街は、死んでいたのです。

破壊《はかい》され、一部残ったプラットホームの上に、キミ子は立ちすくみました。三六〇度見渡す限り、生きた人や動物の気配《けはい》も、木も草もありません。一陣《いちじん》の風が吹くと、

「ザザザー」

と、ねずみ色の灰が地底から舞《ま》い上がり、すべてを灰色に染《そ》めます。キミ子は、わき上がってくる絶望感《ぜつぼうかん》を打ち消すために叫《さけ》びました。

「昇《のぼる》さーん」

街は沈黙《ちんもく》したまま、応《こた》えてくれません。

キミ子は、浦上の地に足を踏《ふ》み入れ、歩きだしました。よく見ると灰の積《つ》もった街の片隅《かたすみ》に、廃材《はいざい》や壊《こわ》れたトタンを立てかけた場所が、ポツンポツンとありました。中には人が居るようですが、はっきりとは分かりません。

走行中の列車からの風景―浦上駅構内（長崎原爆資料館所蔵）

キミ子は長崎医科大学の場所も、方向も分からず、途方《とほう》にくれながら歩いていました。

その時、井戸《いど》の近くの防空壕《ぼうくうごう》の中から、女の子の泣き声が聞こえました。

「母ちゃん……母ちゃん……」

キミ子が中をのぞくと、ムシロの上に、もんぺ姿の母親らしき女性が、ぐったりと横たわっていました。破《やぶ》れた白いブラウスに血が付いています。髪《かみ》の毛はチリチリに焼けていました。そのそばで、裸《はだか》同然の幼《おさな》い女の子が泣いていたのです。

キミ子は、そっと声をかけました。

「あの……。通りすがりの者ですが、少し薬を持っています。お役にたてればと思いますが」

母親らしき女性は、薄《う》っすらと目を開けると、息も絶《た》え絶《だ》えにつぶやきました。

「高か熱が下がらんと……。きつか……きつか……」

「分かりました。熱に効《き》くという薬を持っていますので、これを飲んだら楽になるでしょう」

キミ子は、前の井戸から、水を壊《こわ》れかけた鍋《なべ》に汲《く》んできました。まず薬を飲ませて、持参《じさん》した手ぬぐいをしぼって、その母親の顔をふき、また水でしぼって額《ひたい》の上に置きました。

キミ子はリュックから大きなバスタオルを取り出すと、裸の女の子を包みました。

「小さい子の洋服は、持っていないので、しばらくこのタオルを使ってね。

それから、時々、お母さんの額《ひたい》の手ぬぐいを、冷たい水でしぼり直してね。できるわね」

バスタオルを被《かぶ》った女の子は、こっくりとうなずきました。キミ子は、その子の頭をなで、手に乾パンをにぎらせました。母親の枕元《まくらもと》には、残りの薬を置き、言いました。

「薬は、五～六時間おきに飲んでくださいね」

「どげん人か知らんばってん（どなたか知りませんが）……。すんまっしぇん（すいません）……。ご恩《おん》は忘れません」

母親の涙声《なみだごえ》を後に、キミ子はそこを出ました。

キミ子は、時間があれば、もっとさっきの母子の世話ができたのにと、後ろ髪《がみ》を引かれる思いで先を急ぎました。でもまだ方向は分かりません。

誰《だれ》かにたずねようと辺《あた》りを見渡すと、トタンの板を立て掛《か》けた場所が見つかりました。キミ子がのぞくと、蚊帳《かや》が垂《た》れ下がった中に、腰《こし》の辺《あた》りにボロ着れだけをまいた男性が、うつ伏《ぶ》せになって寝《ね》ていました。辺りはたくさんの蝿《はえ》や蚊《か》が飛び回り、悪臭《あくしゅう》が漂っています。

よく見ると、彼の背中は真っ赤に焼けただれていたのです。キミ子は息をのみましたが、彼女の勇気が口を開きました。

「あの……。通りがかりの者ですが、薬を持っています。背中《せなか》の傷をすこしだけでも、治療《ちりょう》させてくださいな」

その男性は、顔を上げてキミ子を見詰《みつ》めました。まだあどけなさが残る少年です。昇《のぼる》を彷彿《ほうふつ》とさせるものがありました。少年は黙《だま》ったままうなずきました。

キミ子はリュックの中から、消毒薬やマーキュロなどを取り出すと、少年の背中一面に広がる痛々《いたいた》しい焼けどにつけました。

「ううー、ううー」

消毒薬がしみるのか、少年は時々うなりました。キミ子は薬を塗《ぬ》った上にガーゼを被《かぶ》せて、包帯《ほうたい》で上半身を巻きました。

「あいがとー（ありがとう）」

少年は、ぼそっとつぶやきました。

「あなた……。下着も洋服もないの……」

キミ子がたずねると、彼は少し恥《は》ずかしそうに、言いました。

「爆弾《ばくだん》がおっちゃけて（おちて）、服が燃えたけん、あわててぬいだっさ」

キミ子はリュックから、昇《のぼる》へと持って来た下着とシャツとズボンを取り出すと、

「これ、サイズが合わないかもしれないけれど、着てみてくださいな」

と、少年に差し出しました。彼はびっくりした顔をしていましたが、隅《すみ》で着ました。何と言うことでしょう、それらの服は、少年にピッタリだったのです。

「昇さん……」

キミ子は、昇に会えたような気持ちがわき起こり、思わず涙《なみだ》ぐみました。

「こげん良かもんば（こんなに良いものを）、もろてよかと?」

「いいのですよ。その代わりと言ったら何だけど、長崎医科大学への道を、教えてくれませんか?」

キミ子が紙とエンピツを出そうとしていたら、少年は、もう戸外《こがい》に出ていました。

「そんな……。傷にさわるから、まだ寝《ね》ていなければ」

「大丈夫《だいじょうぶ》たい」

少年は、焼けどもありますが、今まで洋服も無く、外に出れなかったのでしょう。嬉《うれ》しそうに、先を歩いて行きます。

「あなた……ご飯なんかは、食べてるの」

「炊《た》き出しがあるけん」

「ご家族はいないの」

「みんな死んだばい」

二人は無言《むごん》で、丘への道を登っていきました。横には崩《くず》れた浦上天主堂《うらかみ》の焼けたレンガが残ってました。

「長崎医科大は、あすこにあったばってん（けれど）……。爆弾《ばくだん》が落ちて基礎《きそ》校舎《こうしゃ》は消えてしもたばい。附属《ふぞく》医院の跡《あと》は、あすこばい」

少年の指差《ゆびさ》す丘の上には、倒壊《とうかい》し、焼けてしまったコンクリートの附属医院の一部が見えました。

「まあ……長崎医科大学が……」

キミ子は無残《むざん》な長崎医科大学の姿に胸《むね》がつぶれる思いです。でもキミ子は押し寄せる不安をぬぐい、その少年に礼を言い、乾《かん》パンを渡して別れました。

キミ子は、やっとの思いで、長崎医科大学に辿《たど》り着いたのです。残った病院玄関《げんかん》部分には、重度の傷害を負った被災者《ひさいしゃ》で満杯《まんぱい》で、あふれた負傷者達は、玄関前のムシロの上に、苦しそうに横たわっていました。その膨大《ぼうだい》な数の痛《いた》ましい人々に、真夏の太陽が容赦《ようしゃ》なく、ジリジリと強い光線を放《はな》っています。キミ子はめまいを覚《おぼ》えて座り込みました。

しばらくしてキミ子が顔を上げると、病院の玄関前に机が置かれて、職員《しょくいん》らしき人達が忙《いそが》しそうにしていました。その場所こそ、生存者、死者、行方不明者などの情報《じょうほう》が得られるところだったのです。机の真ん中には、五〇代位の男性が座っていました。キミ子は胸《むね》の鼓動《こどう》がはっきりと聞こえるほど、ドキドキしながら震《ふる》える手で、名前と出身地を書いた紙を、その男性に差し出しました。

「ええと、神戸出身で長崎医科大二年生の田口昇君ね。

ああ、田口君だね。元気で救護《きゅうご》活動をしているよ」

キミ子にとって、その言葉《ことば》は空の上から、輝《かがや》く光と共に舞《ま》い降《お》りてきたように思えました。昇《のぼる》は生きていたのです。しかも元気に救援《きゅうえん》活動に励《はげ》んでいるのです。

「ああ……神よ。神様ありがとう。ありがとうございます」

今まで、神様と口にしたこともなかったキミ子が、人間の力を超《こ》えた何かに、心から感謝《かんしゃ》をしたのです。キミ子は張り詰《つ》めていた心が溶《と》けて、その場に泣き崩《くず》れました。

「娘さん、大丈夫《だいじょうぶ》ですか。田口君のお姉さんかな。

私は、この救護班《きゅうごはん》の班長です。学長代行の先生から、行方不明者の問い合わせ係りに任命されてます。田口君は、道ノ尾《みちのお》の近くの滑石《なめし》で、調《しらべ》教授の指示《しじ》の下《もと》、救護活動で活躍《かつやく》してもらっていますよ。

今日は、もう日暮《ひぐ》れです。今晩はここに泊って、明日、滑石に行かれた方がいいでしょう。新型爆《ばく》弾投下後《だんとうかご》、この辺《あた》りは、夜は歩けませんよ」

キミ子は、その晩、班長の好意で、病院玄関前《げんかんまえ》で夜を明かしました。炊《た》き出しのかぼちゃの煮物《にもの》と、玄米《げんまい》のおにぎりが、本当に美味《おい》しく思えました。

キミ子が、丘の上から浦上《うらかみ》の街《まち》を見渡すと、暗闇《くらやみ》の中、所々で赤々とした炎が燃え上がっていました。

「あれは、死体を積《つ》み重ねて焼いているのですよ。毎日毎日、焼いても焼いても、追いつかないのですよ」

知らない間に班長が、横に立って沈《しず》んだ声でつぶやきました。キミ子は、返す言葉もなく、浦上《うらかみ》まで乗って来た貨物《かもつ》列車に、積まれた重油《じゅうゆ》のたくさんのドラム缶《かん》を、思い起こしました。

三、大村《おおむら》海軍病院

昇や百合子《ゆりこ》を始め何人かの医科大生は、調来助《しらべらいすけ》先生の指示の下、滑石の救護所で、被爆《ひばく》負傷者の治《ち》療《りょう》や往診《おうしん》に全力を尽《つ》くしていました。

しかし調先生が体調を崩《くず》してしまい、救護所はやむを得なく閉鎖《へいさ》となり、救護に当たっていた者達は、先生の紹介で大村市にある大村海軍病院に、救援《きゅうえん》に行くことになりました。

八月二六日、昇達は、道ノ尾から汽車に乗り、諫早《いさはや》の次の大村駅で下車をして、そこから四キロを歩きました。

大村は、戦時中、軍都《ぐんと》として発足《ほっそく》して、航空機やエンジンを作るために、全国から工員や学徒動員《がくとどういん》の学生が約三万人集められました。

終戦後、それらの人々は帰途《きと》につき始めますが、まだ多くの人々が大村で、戦後の処理《しょり》に追われていました。人々は、クスノキの並木道を、忙《いそが》しそうに行きかっています。

（長崎からそれほど離《はな》れていない所なのに、この街《まち》は生きている。長崎だけが、新型爆弾《ばくだん》が落とされて死の街になったのだろうか）

昇が複雑《ふくざつ》な気持ちで歩いていると、前方を歩いている医学生が叫《さけ》びました。

「おーい、大村海軍病院が見えるぞ」

その声の方を眺《なが》めると、ゆるやかな傾斜《けいしゃ》の丘一帯に、広大な病院の建物が、パノラマのように展開していました。

「うわぁーすごい」

昇《のぼる》は思わず声をあげ、後ろにいる百合子《ゆりこ》を振《ふ》り返りました。百合子は、笑顔《えがお》でうなずいています。昇は、神戸や大阪でも、これほど大きな病院を見たことはありませんでした。

大村《おおむら》海軍病院は、戦争に備《そな》える軍備拡張《ぐんびかくちょう》の一環として、昭和一六年一一月に起工《きこう》され、患者を収容しながら工事が進み、昭和二〇年六月に完成しました。敷地面積《しきちめんせき》は約七万坪《つぼ》、建物の総面積は約一万坪で、病舎《びょうしゃ》一七棟《とう》に付属施設《ふぞくしせつ》四六棟の木造瓦屋根《もくぞうかわらやね》の洋式建築という広壮《こうそう》なものでした。海軍軍医少将《しょうしょう》の泰山弘道《やすやまこうどう》が院長を務《つと》めていました。

八月九日には、軍用電話は不通となっていましたが、午後三時頃になり、警察《けいさつ》から、長崎市に死傷者多数発生で、目下長崎市は炎上という情報《じょうほう》が入りました。

泰山院長の命令で、救護隊《きゅうごたい》が編成《へんせい》されて、医薬品や食料をトラックに積《つ》んで、長崎市に出発しました。

一方大村市長から、倒壊《とうかい》した大橋《おおはし》の鉄橋の近くまで救援《きゅうえん》列車を出動させ、負傷者を収容して大村駅に戻《もど》るので、消防自動車やトラックを総動員《そうどういん》して、待機《たいき》するようにとの要請《ようせい》がありました。

夜の八時過ぎに、号笛《ごうてき》を鳴らした消防車やトラックの第一陣《じん》が病院に到着《とうちゃく》しました。トラックには、これ以上乗せられないほどの、死んでいるとも生きているとも分からない人々が折り重なっていました。

顔面は黒こげとなり、ほとんどが裸《はだか》で、体の表皮《ひょうひ》は、はがれて赤い血のにじむ皮下組織《ひかそしき》が露出《ろしゅつ》し、そこに無数のガラス片、木片、鉄片が突《つ》き刺《さ》さり、頭髪《とうはつ》は焼け縮《ちぢ》れているという惨状《さんじょう》でした。

第二陣、三陣と負傷者が運び込まれて、その夜だけで、七百五八名もの多数の負傷者が収容されました。医師や看護婦《かんごふ》そして職員《しょくいん》も、一睡《いっすい》も眠らず治療《ちりょう》に当たりました。しかし翌朝《よくちょう》までに百名近くが亡くなりました。

さらに、他の救護所の重症《じゅうしょう》患者も次々と収容されて、千数百人の被爆《ひばく》患者となりました。

二六日の昼過ぎに、昇や百合子達は、大村海軍病院に到着すると、係《かか》りの軍人らしい職員に、調《しらべ》先生に書いてもらった紹介状《しょうかいじょう》を提出しました。

「長崎医科大の学生や看護婦なんだな。長崎医科大は、壊滅《かいめつ》して残念だ。無念《むねん》だろうが、再建までの間、この病院で力になってもらうよ。

食堂で昼食をとるといい。その後配属《はいぞく》を知らせるから。しかしまずは、洋服を支給するから着替《きが》えたまえ。ずっと着の身着のままなのだろう。臭《にお》うぞ……」

昇や百合子達は、一七日ぶりでシャワーを浴《あ》びて着替え、医学生は白衣《はくい》をはおり、百合子は看護婦の服装《ふくそう》で食堂に集まりました。

原爆投下直後《げんばくとうか》から寝《ね》る間も惜《お》しんで、長崎で救護活動に専念してきた者達にとって、現地とこの大《おお》村《むら》海軍病院との落差《らくさ》に戸惑《とまど》いを隠《かく》しきれません。百合子《ゆりこ》が昇《のぼる》にささやきました。

「この病院のお手洗いは、水洗《すいせん》なのよ……」

『海仁寮《かいじんりょう》』という寮や、看護婦《かんごふ》の寄宿舎《きしゅくしゃ》の設備《せつび》もあるとのことです。昼食には、温かい卵うどんと、冷たい麦茶が出されました。

「うまか」

長崎出身の医科大生の一人が、つぶやきました。昇は、神戸で戦中の食料不足に関らず、キミ子が作ってくれた卵うどんのことを、思い出していました。

食後、百合子は婦長に呼ばれて行きました。後に残った昇達は、病舎《びょうしゃ》の配属《はいぞく》の手配が決まるまで、久しぶりに明るい顔で談笑《だんしょう》の時を持ちました。

「田口昇はいるか、お客さんだぞ」

先ほどの受付の職員《しょくいん》が、離《はな》れた食堂の入り口から呼びました。

「はい、田口昇は僕《ぼく》です」

昇が返事をして立ち上がると、職員の後ろに、もんぺ姿の女性がいました。

「昇さん」

その女性は、昇めがけて走り寄って来ます。

「キミちゃん」

昇は驚《おどろ》きのあまり一瞬《いっしゅん》、呆然《ぼうぜん》としましたが、懐《なつ》かしいキミ子の顔が次第《しだい》に大きく目の前に迫《せま》ってきました。

「キミちゃん、キミちゃんだ」

「昇さん、昇さん」

二人は、キミ子のひた向きな一念で、再び会えたのです。

周囲の医科大生達もびっくりして、二人の対面を眺《なが》めていました。

「キミちゃん、よくここまで来れたね」

「そう、昇さんを探《さが》して、探して……」

キミ子は、後は言葉《ことば》になりません。昇の温かく大きな胸《むね》の中で、その鼓動《こどう》を聞きながら、元気な昇と会えた喜びをかみしめています。

「キミちゃん、ここがよく分かったね」

「ええ……。始めは、長崎医科大学を目指《めざ》して来ました。でも医科大学は壊《こわ》れて焼けてしまっていたのです」

「そうなんだ。長崎医科大もやられてしまったんだ」

「でも、玄関《げんかん》部分におられた救護隊《きゅうごたい》の班長《はんちょう》さんから、昇さんの無事《ぶじ》を聞き、本当に嬉《うれ》しかったです。班長さんは、滑石《なめし》の救護所の地図も書いてくださいました」

「じゃあ、僕《ぼく》達と行き違《ちが》いになったんだね」

「ええ、滑石《なめし》の公民館の人から、ここを教えてもらいました」

「そうなんだ。でもキミちゃんと再会できたのは、奇跡《きせき》みたいだ。それで、神戸の方はどう？　父さんは？　ああちゃんは？」

「先生からは、便《たよ》りはありません。ただ、ソ連軍が満州《まんしゅう》に進軍したといううわさを、耳にしていますので心配です。

朝子さんは、疎開先《そかいさき》の守山《もりやま》で苦労されたようですが……。でもしっかりされて、もう泣き虫のああちゃんではありません。私が神戸に戻《もど》りましたら、迎《むか》えに参《まい》ります」

「キミちゃん、ありがとう。父さんや僕《ぼく》のいない田口家を、一人で守り続けてくれたんだ。どんなに大変だったか……」

「いいえ……。私は、お母さまや、おばあさまをお守りできなくて……」

キミ子は、下を向きます。

「いや、それは違《ちが》うよ。キミちゃんは、母さんやおばあちゃんを防空壕《ぼうくうごう》に逃がしてくれていたんだ。この戦争は、防空壕に避難《ひなん》した病人や老人や、それに子どもまで、殺してしまう恐ろしいものだったんだ」

昇《のぼる》は、防空壕に逃げていたのに亡くなった葉子《ようこ》のことも、思い起こしていました。

「昇さん、一旦《いったん》、私と一緒《いっしょ》に神戸の御影《みかげ》に帰りましょう。長崎医科大学は壊《こわ》れて焼けました。長崎の街《まち》も凄惨《せいさん》な状態です。長崎医科大学の再興《さいこう》も分かりません。

昇さんは、御影の田口医院を継《つ》ぐべき方です。お父さまの出身校の京都帝大《ていだい》は残っています。お願いです、一度神戸に戻《もど》って、今後のことを考えましょう」

キミ子は、必死に昇を説得《せっとく》します。昇には、キミ子の気持ちが痛《いた》いほどによく伝わっています。妹朝子の顔や、懐《なつ》かしい神戸のことが浮かんできます。その時、

「どうか昇さんを、神戸に連れて帰らないでください。今、昇さんは、私達にとってなくてはならない方なのです」

と、いつの間にか、そばに来ていた百合子《ゆりこ》が悲痛《ひつう》な声をあげました。昇とキミ子は驚《おどろ》いて、百合子の方を振り返りました。

「私は、看護婦《かんごふ》で、昇さんが下宿していた家の娘です。キミ子さんのことは、昇さんから僕の素晴らしいお姉さんだと、いつも伺《うかが》っています。

でも、今は、どうか昇さんを私や、長崎の戦災者《せんさいしゃ》から引き離《はな》さないでください」

百合子は、キミ子に頭を下げて、懇願《こんがん》します。

「百合子さん、頭を上げてくださいな。長崎の戦災者の方々の苦境は、私もこの目で直《じか》に見てよく分かります。でも、昇さんはまだ医師ではありません。学生なのですよ。

あなたが本当に昇さんのことを思うなら……昇さんが幸せに、そして立派《りっぱ》な医者になれる道を考えてくださいな。それにこれだけ大きく設備《せつび》の整った病院があるのですから、治療《ちりょう》もできるのでは？」

と、キミ子が言いかけた時、百合子が思い詰《つ》めた表情で、キミ子を始め、昇やその場にいた者達を

誘導《ゆうどう》して、一つの病舎《びょうしゃ》の前まで来ました。そのドアを開けると、そこには百以上のベッドがぎっしりと並び、原爆被災《げんばくひさい》による、むごたらしい患者のうめき声で満ちていました。

その誰《だれ》もが、病院に収容されていても助けを求めています。

「きつか……きつか……」

「苦しか……苦しか……」

「しぇんしぇい（先生）……」

蒸《む》し暑さの中、傷口の化《か》のうなどによる臭気《しゅうき》が病舎に漂い、弱々しくも悲痛《ひつう》な叫《さけ》び声に包まれています。それは、キミ子にとって、地獄図《じごくず》を見ているようでした。

その患者の一人で、髪《かみ》の毛が無く、顔面から右半身が焼けただれた女性らしき人が、医師に手を握《にぎ》られて、今、命の最後《さいご》を向かえようとしています。

「くしば……くし……」

看護婦《かんごふ》がくしを持って駆《か》けつけ、毛のない頭をとかします。

「あい……が……とー……（ありがとう）」

その女性は医師や看護婦に感謝《かんしゃ》しつつ、息を引きとっていきました。

「あの女性のことは、さっき婦長さんから、もう長くないと聞いていました。女学生は軍需《ぐんじゅ》工場で被爆《ひばく》して……。三つ編《あ》みのきれいな長い髪の毛だったのが、毎日抜《ぬ》けていったそうです」

沈黙《ちんもく》が続きました。それを破《やぶ》って百合子《ゆりこ》が言いました。

「このような病舎がこの病院には一七もあります。一人ひとりに手厚い治療《ちりょう》と看護が、求められています。今は当初の重度のやけどや裂傷《れっしょう》などに加えて、高熱、下血《げけつ》、皮膚《ひふ》の紫斑《しはん》、脱毛《だつもう》、口や周《まわ》りの水泡《すいほう》などの症状が出て来て死に至《いた》る人達が、日々、増えているそうです。どの患者にも、常に医師や看護婦の見守りが必要な状態《じょうたい》なのです。でも婦長さんは、それには、医療従事者《いりょうじゅうじしゃ》がいくらあっても足りないと、嘆《なげ》いておられました」

百合子は涙ぐみながら、実情を訴《うった》えました。昇《のぼる》は、この痛《いた》ましい病舎の状況《じょうきょう》を眺《なが》めながら、原爆投《げんばくとう》下《か》直後の長崎の街《まち》を、彷徨《さまよ》い歩いた時の悪夢《あくむ》を、改めて思い起こしました。

「キミちゃん、申し訳ないけど……。今は僕《ぼく》は、ここに留《とど》まり、救護《きゅうご》活動を続けるよ。この膨大《ぼうだい》な数の、救いを求めている患者さん達を置いて、神戸には帰れない。ごめんキミちゃん。田口のことを、いつも全部キミちゃんに押し付けてばかりで……」

昇の言葉《ことば》が終わらない内に、キミ子がはっきりと応《こた》えました。

「昇さん、そして百合子さん分かりました。今は、この苦しんでられる方々を、どうか全力で助けてあげてくださいな。それに、長崎に残されている戦災者《せんさいしゃ》の方々にも、手を差し伸べてください。本来なら私も長崎に行って、救護のお手伝いをするべきですが……。朝子さんを御影《みかげ》に迎《むか》えて、先生が戻《もど》られるまで、田口家の再興《さいこう》をしなければなりません」

「キミちゃん」

昇は、胸《むね》が一杯になって、後の言葉が出てきません。

「昇《のぼる》さん、田口の家のことは、私ができる限り、再建に尽《つ》くします。その代わり、一つだけ約束してください。救援活動《きゅうえんかつどう》が一段落《いちだんらく》したら、必ず神戸に戻《もど》って来てください。昇さん、昔、立派《りっぱ》な医者になって、結核《けっかく》の患者を日本から無くすといわれていたこと、覚《おぼ》えてられますね。結核で全《すべ》ての家族を失った私は、昇さんが、医師になられる日を夢見て参《まい》りました。どうかその実現のためにも、神戸に帰って来てくださいませ」

昇は、真っすぐに、キミ子を見詰《みつ》めて言いました。

「キミちゃん、約束するよ。患者さん達の状態《じょうたい》が一段落したら、必ず田口の家に戻《もど》るよ。そして、医大を出たら、また御影《みかげ》の診療所《しんりょうしょ》を開設《かいせつ》して、結核《けっかく》で苦しんでいる人達を助けるよ。僕《ぼく》は、そのことは、忘れていないよ。それまで、朝子のことなど、どうか頼《たの》みます」

昇とキミ子は、約束を胸《むね》にうなずき合いました。

「配属病舎《はいぞくびょうしゃ》を発表する」

受付の職員《しょくいん》が、後ろで大きな声で言いました。

キミ子は慌《あわ》てて、ほとんど空になったリュックから、白米と砂糖《さとう》の袋《ふくろ》と、それに金色の懐中時計《かいちゅう》を取り出しました。

「本当は、昇さんにと思って、このリュック一杯持ってきたのですが、長崎の被災《ひさい》された方々にお渡ししてしまいました」

「キミちゃん、ありがとう。それこそ、僕へのプレゼントだよ。でもこの懐中時計は?」

「これは、お父様が満州《まんしゅう》に行かれる前に、私に預《あず》けられた時計です。亡きおじいさまの形見《かたみ》とのことです。今は戦後の混乱で貨幣《かへい》価値も下がっています。これは、純金です。何かの時に、どうかお役立てくださいませ」

「おーい、田口、何しているんだ。早く来い」

職員が呼んでいます。昇はキミ子に目で合図《あいず》をしながら、別れを惜しむ間もなく、配属病舎へと去って行きました。

一人残されたキミ子は、空になったリュックを背負《せお》い、とぼとぼと病院玄関《げんかん》に向かいました。その時後ろから百合子《ゆりこ》の声がしました。

「キミ子さん、キミ子さん。ありがとうございます」

百合子は、深々と頭を下げています。

「百合子さん、今は大変でしょうが、昇さんと頑張ってくださいね。ただ、どうかくれぐれも、昇さんのこと、よろしくお願いします。お頼《たの》みしますね」

百合子は、キミ子の姉として、また母親としての慈愛《じあい》に満ちた顔を、仰《あお》ぎながら、その心に応《こた》えました。

「昇さんのことは、私の命にかけても、大切に、大切にいたします」

第六章　戦後の歩み

一、神戸の焼土《しょうど》から

キミ子は、神戸の御影《みかげ》に戻《もど》ると、約束通りに直《す》ぐに、守山《もりやま》に疎開《そかい》していた朝子を迎《むか》えに行きました。

御影の田口の家は、キミ子が長崎に行っている間に、伸助《しんすけ》が残った台所に、二畳《にじょう》ほどの板の間を足してくれていました。門らしきものも廃材《はいざい》で作られて、田口と書かれた紙が貼《は》られています。

満州《まんしゅう》からの引揚者《ひきあげしゃ》の話しから、お父さんは満州で負傷者などの手当てをしていて、ソ連軍の捕虜《ほりょ》となったとのことです。キミ子と朝子は、お父さんの無事《ぶじ》を祈《いの》るばかりです。

戦後の、キミ子と朝子の生活が始まりました。

「行ってきまーす」

元気な朝子の声が、御影町の朝を揺《ゆ》り起こします。

「朝子さん、行ってらっしゃい。忘れ物はありませんね」

門口《かどぐち》に立ち、朝子の姿が見えなくなるまで、キミ子は手を振《ふ》り続けています。

御影国民学校では、九月初旬《しょじゅん》から、焼け残った校舎《こうしゃ》の一部と、後は校庭に机を並べて、授業が再開されました。小学生の数は、以前の三分の一くらいですが、朝子は仲良しだった洋子ちゃんとも再会ができ、学校で勉強できるのが嬉《うれ》しくてたまりません。

空襲警報《くうしゅうけいほう》がもう鳴らないので、みんなゆったりと、のびのびと校庭での授業も受けられるのです。

授業の前の、天皇陛下《てんのうへいか》と国への誓《ちか》いの斉唱《せいしょう》もなくなりました。子どもたちは、平和と自由の喜びをかみ締《し》めながら、秋の青空に届くように手をあげています。

キミ子は、朝子を送り出した後、台所の片付けと板の間のふきそうじを終えると、台所裏の井戸で、洗濯《せんたく》をして庭の物干《ものほ》し竿《ざお》にほします。

家事の後は畑仕事です。建物が焼けた跡《あと》地を耕《たがや》して、サツマイモ、ジャガイモ、カボチャ、小松菜《こまつな》、ほうれん草と多くの野菜を作っています。元々キミ子は群馬《ぐんま》の農家の出身で、子どもの頃から畑仕事を手伝っていました。それで、田口家に来てからも、家で使う野菜は、なるべく庭の畑で育ててきました。それが戦中、戦後の食料難《しょくりょうなん》の時に役立っているのです。

キミ子と朝子二人では、食べきれないほどの収穫《しゅうかく》があり、それらの野菜は、伸助に頼《たの》んで、闇市《やみいち》で肉や衣類や朝子の勉強道具に変えてもらっています。伸助は昔から取引きのある丹波《たんば》など兵庫県《ひょうごけん》の山間《さんかん》の農家から、早朝に米や豆や野菜を仕入れて、闇市《やみいち》で売ったり、他の品物と交換《こうかん》しているのです。

食料難の時代ですので、とても繁盛《はんじょう》しているようです。

「キミちゃん、今日はいい牛肉と卵が手に入ったよ。それに、朝子ちゃんには『国語辞典《じてん》』が、古本屋にあったから交換《こうかん》してきたよ」

「うわぁー、国語辞典欲《ほ》しかったんよ。分からない言葉《ことば》の意味がたくさんあって。これで調べられるわ。伸助さんありがとう」

「いやー、朝子ちゃんがこんなに喜んでくれて、おれも嬉しいよ」

「朝子さんは、とても勉強熱心で優秀《ゆうしゅう》なのよ」

キミ子は、わが子のようにほこらしげに言います。

「そうなんや。おれは勉強苦手《にがて》やった。大嫌《だいきら》いやったわ。ちっとも面白《おもしろ》なかったもんな。あんな勉強好きやなんて、朝子ちゃん、ほんまえらいわ」

伸助《しんすけ》の言葉《ことば》に、朝子とキミ子は、顔を見合わせて吹《ふ》き出しました。

「伸ちゃんのお陰《かげ》で、いい牛肉と卵があるから、今晩は特別にすき焼きにしましょうか？　朝子さん、伸ちゃんも誘《さそ》いますか？」

「うわぁーい、伸助さんもいたら、楽しいわ」

「ほんまかいな、嬉《うれ》しいな」

その夜は、田口家から笑い声が絶《た》えません。そのような中、朝子は、棚《たな》に立て掛《か》けているお母さんとおばあさんの写真に、目をやりました。

（母さんや、おばあちゃんが生きていたらな……）

御影《みかげ》の焼け野原に、点々と、バラックの中から、オレンジ色の電球の光がもれ出《い》でています。夜間空襲《くうしゅう》もなくなり、照明《しょうめい》を消したり黒い紙で覆《おお》って、暗くしなくてもよくなったのです。

八月三〇日、神奈川県《かながわけん》の厚木《あつぎ》に、連合国軍最高司令官であるアメリカのマッカーサーが到着《とうちゃく》しました。以後、彼の指揮《しき》の元、日本はＧＨＱ（連合国軍最高司令官総司令部）によって、統治《とうち》されることになりました。

九月の半ばになると、神戸でもＧＨＱの兵士達の姿が、よく見られるようになりました。そのようなある日、朝子が学校から帰って来ると、家の門に、一人の金髪《きんぱつ》でショートカットの外人の女性が立っていました。

「あのー」

と、英語は分からない朝子が、恐《おそ》る恐る声をかけました。

「ＯＨ　アナタ、アサコチャン」

振《ふ》り向いた女性の顔は、見覚えのある顔でした。

「もしかして……。ジェーンさん？」

「ソウデス、ジェーンデス」

「うわぁー、ジェーンさんだ。でも、あのきれいな長い金髪は？」

「ミジカクシマシタ」

「そうなんだ……。でもジェーンちゃんは、長い金髪のまま、待っていますよ」

朝子は、ジェーンさんの手を取り、家に入りました。

「キミちゃん、びっくりよ。ジェーンさんよ」

台所仕事をしていたキミ子が出てきました。

「キミコサン、オヒサシブリデス」

「まあ、ジェーンさん。本当にジェーンさんなのね」

「ソウデス。ジェーンデス。マタ、ニホンコレマシタ」

丸いちゃぶ台を挟《はさ》んで、四年半ぶりに、キミ子や朝子はジェーンさんと、向かい合いました。朝子は、大事にしている西洋人形のジェーンちゃんを、取り出してきています。

「このジェーンちゃんは、私が一人で守山《もりやま》に疎開《そかい》している時も、一緒《いっしょ》にいてくれて、私をはげましてくれたのよ」

「ソウデス。ワタシ、コノニンギョウ、アサコチャンマモルコト、イイキカセマシタ」

朝子は、守山の辛《つら》い日々、ジェーンさんからプレゼントされたこの西洋人形が、どれほど心の慰《なぐさ》めとなったか、思い出していました。キミ子はお茶を入れながら、たずねました。

「でも、戦後、こんなに早く、よく日本に来れましたね」

「ソウデス……。ワタシ、ハヤクキタカッタ。ＧＨＱツウヤクナリマシタ」

「そうですか、ＧＨＱの通訳《つうやく》をなさってられるのですね」

キミ子は、ジェーンさんが、日本の占領軍《せんりょうぐん》であるアメリカの通訳となっていることに、少し違和感《いわかん》を覚えました。勝者と敗者の壁《かべ》を感じたのです。でもキミ子は、それを越《こ》えて、話しを続けました。

「朝倉先生は……残念でした」

「ハイ……イチロウノママカラ、キキマシタ。イチロウノメガネダケカエッテキマシタ……」

「本当に、この戦争で、どれだけ大切な人々が亡くなったか……」

その時、二人の会話を聞いていた朝子が、口を開きました。

「母さんも、おばあちゃんも亡くなったのよ」

「OH　オカアサン、オバアサンモ……」

ジェーンさんも絶句《ぜっく》します。キミ子は、辛い思いがまた胸《むね》に迫《せま》ってきます。朝子は、沈黙《ちんもく》を破《やぶ》って、言います。

「でも、まだ戦争は終わっていないのよ。父さんはソ連軍に捕《つか》まっているの。ジェーンさん、父さんが早く帰れるようにできないかしら」

「ソレン、カッテナコトスル。スターリン、スベテキメル。アメリカノイウコト、キカナイ」

キミ子と朝子は、肩を落としました。しばらくして、キミ子が語り出しました。

「でも先生は、きっと無事《ぶじ》に帰国《きこく》されると信じています。朝子さんとこの御影《みかけ》で、お待ちします。ただ、もう一つ心配なことがあります。昇《のぼる》さんのことです。長崎で新型爆弾《ばくだん》に合い、幸い無事でしたが……。長崎医科大学も壊滅《かいめつ》していながらも、救援《きゅうえん》活動に没頭《ぼっとう》されています。私も八月末に長崎を訪ねましたが、新型爆弾によって、街《まち》や人々はまるで地獄《じごく》の中にいるような悲惨《ひさん》な状況《じょうきょう》です。ジェーンさん、GHQの通訳をされているなら、ぜひ長崎にも行って、新型爆弾がもたらした惨《さん》状《じょう》をアメリカ軍の方達に伝えてください。お願いします」

「キミコサン、ワタシ、グンジンデハナイデス。タダノツウヤク。デモ、アメリカガオトシタ、オソロシイバクダン、キイテマス。コウベノシゴトオワッタラ、カナラズナガサキイッテ、ノボルサンアイマス」

「ジェーンさん、ありがとう」

キミ子と朝子は、ジェーンさんの変わらない誠実《せいじつ》さに、深く頭をさげました。

「NO、NO、アタマサゲルノ、ワタシデス。アメリカ、オオキナツミ、シマシタ。アメリカジンモ、コノバクダン、ヨクワカッテナイ。ワタシ、シリタイ」

キミ子は、昇《のぼる》を探《さが》して歩いた、死の灰色一色と化《か》した長崎の街《まち》を思い起こしながら、新型爆弾《ばくだん》を投《とう》下《か》したことは、まさしく人類史上、最も大きな罪だと思いました。

ジェーンさんは、その罪と向き合う覚悟《かくご》です。その思いが、キミ子と朝子には感じ取れました。

ジェーンさんは、帰り際《ぎわ》、ささやくようにたずねました。

「マタ、キテイイデスカ?」

キミ子と朝子は、にこやかに大きくうなずきました。

朝子は、真っ赤な表紙の『キュリー夫人伝』を、ジェーンさんに差し出しました。

「この本は、朝倉先生が出兵する前に、昇兄ちゃんに、プレゼントしてくださったものです。キミちゃんが、他《ほか》の貴重品《きちょうひん》と一緒《いっしょ》に、金庫《きんこ》に入れて埋《う》めていてくれたの。

ジェーンさん、長崎に行ったら、兄ちゃんに渡してください。それまで、そばに置いててください」

「OH、コレイチロウ、タイセツナホン……ノボルサン、ワタシマス」

ジェーンさんは、赤い表紙を、慈《いつく》しむようにいく度もなでていました。

二、未知の原爆症《げんばくしょう》

九月一五日の朝日新聞東京版に、日本自由党の鳩山一郎《はとやまいちろう》が、（原子爆弾《げんしばくだん》使用は、国際法違反《いはん》で、戦争犯罪である）と、表明した記事が掲載《けいさい》されました。その直後GHQは、朝日新聞社に四八時間の発行停止を命じて、日本全土に原子爆弾に関る厳《きび》しい報道規制《ほうどうきせい》が、敷《し》かれることになりました。

昇と百合子《ゆりこ》は、大村《おおむら》海軍病院で、日々長崎の被爆《ひばく》患者の治療《ちりょう》や看護《かんご》に追われています。新型爆弾は、原子爆弾であるということも、明白になってきましたが、その詳細《しょうさい》については、まだ分からないことばかりです。

患者に対する治療は、熱傷《ねっしょう》には、リバノール肝油《かんゆ》やマグロイドを塗《ぬ》りガーゼを被《かぶ》せて、ひどい時は、破傷風《はしょうふう》の予防の血清注射《けっせいちゅうしゃ》をしました。裂傷《れっしょう》は、縫合《ほうごう》や手術が行われて、昇達医学生は手伝いました。それに加えて、リンゲルやブドウ糖《とう》やビタミンB・Cの注射もしています。

しかしその治療中に、注射した跡《あと》が、黒紫色《くろむらさきいろ》にくさってくる人が増えてきました。普通の体であれば、注射による皮下《ひか》出血も自然と吸収されます。この異変は、血管や血液自体に異常が起こっているのではという不安が起こりました。

さらに、外傷《がいしょう》が快方に向かっていた人達も、皮膚《ひふ》に紫斑《しはん》が現われ始めると、急激《きゅうげき》に体が衰弱《すいじゃく》して亡くなってしまうのです。

入院患者の間に、この突然襲《おそ》いかかる死に対する恐怖《きょうふ》が、重々しく広がっていきました。

医師達は、手探《てさぐ》り状態《じょうたい》の中で、治療法《ちりょうほう》を模索《もさく》しています。

昇《のぼる》は、こんなに設備《せつび》の整った日本の先進医療《いりょう》の代表ともいえる大村《おおむら》海軍病院でさえも、原爆症《げんばくしょう》を治すことが難《むずか》しいということに、落胆《らくたん》と共に、正体不明なものへの恐怖心が沸《わ》き上がってきます。昇は、

「しぇんしぇい（先生）、きつか……」

と訴《うった》えながら亡くなっていく患者の手を、日々握《にぎ》り締《し》めることに、せめて心を傾《かたむ》け続けています。

医師達も、けん命に実態解明《じったいかいめい》に取り組み、その結果、原爆症患者の多くは、白血球《はっけっきゅう》が著《いちじる》しく減少したり、異常な状態が起こっていることが注視《ちゅうし》され始めました。

でもこの時点では、まだ原子爆弾《げんしばくだん》のさらなる怖《おそ》ろしさについての理解や研究は、ほとんど皆無《かいむ》に近かったのです。


そのような中、大村にGHQが進駐《しんちゅう》して来ることになり、大村海軍病院もGHQが接収《せっしゅう》するという命令がくだりました。

泰山《やすやま》院長は、大村海軍病院は、膨大《ぼうだい》な数の原子爆弾負傷者を、収容しているので、その患者達の移動は無理であることを、長崎県知事に嘆願《たんがん》に行きました。知事は理解を示し、GHQに伝えることを約束してくれました。

アメリカ軍の軍医中佐《ぐんいちゅうさ》が、病院の視察《しさつ》にやって来ました。英語の話せる院長は、実情を訴《うった》えて、中

佐を病舎《びょうしゃ》に案内しました。

「ＯＨ　ＮＯ……」

中佐は、目の前に広がる余りにも悲惨《ひさん》で、おびただしい患者を見て、言葉《ことば》を失い立ちすくんでいました。中佐はこの現状を、マッカーサー司令部に報告《ほうこく》して、大村海軍病院が、被爆《ひばく》患者の治療を継続《けいぞく》できるようにしてくれました。


九月二五日には、アメリカ軍のバーネット軍医大尉《ぐんいたいい》とその部下が、三台のジープに医療器具や資材を積《つ》んで到着《とうちゃく》しました。この原爆患者を収容している大村海軍病院で寝食《しんしょく》を共にして、原子病研究を行うことになったのです。

この時にはすでに、長崎の新興善《しんこうぜん》国民学校から重症《じゅうしょう》の患者と共に、治療に当たっていた長崎医科大学の先生や学生も移って来ていました。その中には、新学長となった古屋野宏平《こやのこうへい》先生を始め、まだ病院での療養《りょうよう》が必要な、調《しらべ》来助先生の姿もありました。

「調先生、またお会いできて嬉《うれ》しいです」

原爆投下《とうか》間もない苦境《くきょう》の中、滑石《なめし》での救護《きゅうご》活動をしていた昇や百合子《ゆりこ》、それに他の医科大生も、調先生との再会を、喜び合いました。ただ、昇も百合子も、この大きな大村海軍病院に来てからは、担当病床《びょうしょう》も異なり、会えない日が多くなったのが寂《さび》しいです。

長崎医科大学の先生達は、バーネット軍医大尉の下《もと》、アメリカの軍医達による原子研究班《けんきゅうはん》に協力することになりました。

原子爆弾《げんしばくだん》は、アメリカ軍によって、世界で初めて日本の広島と長崎に落とされました。しかし、それを投下《とうか》したアメリカ軍さえも、それが、どのような悲惨《ひさん》で恐《おそ》ろしいことを引き起こしたか、その実情《じつじょう》については、知られていなかったのです。

長崎医科大学の先生と、アメリカの軍医達が、共に未知なる原子症《げんししょう》の研究に取り組み始めたのです。

一方、大村《おおむら》海軍病院では、GHQのホーン軍医大尉《ぐんいたいい》が、公衆衛生《こうしゅうえいせい》の調査に来ました。泰山《やすやま》院長は、知性と決断力と豊かな人間性を備《そな》えた彼と、打ち解《と》けあうようになりました。

長崎医科大学出身の泰山院長は、母校の医科大学が、爆心地《ばくしんち》から六百～八百メートルという至近距離《しきんきょり》で、原爆《げんばく》の直撃《ちょくげき》を受けて、ほとんどの先生や医学生が亡くなり、校舎《こうしゃ》も喪失《そうしつ》したことに、日々苦悩していました。

（世界の中でも、原爆により壊滅《かいめつ》した医科大学は、長崎医科大のみだ……。その歴史を遡《さかのぼ》れば、幕末期《ばくまつき》に、オランダ海軍軍医であったポンペが教えた医学伝習所《いがくでんしゅうしょ》に始まり、長崎の人々と共に歩み、長崎医科大学へと変遷《へんせん》してきたのだ。どうしたら、この由緒《ゆいしょ》ある悲劇《ひげき》の医科大学を再興《さいこう》させることができるだろうか……）

泰山院長は、日夜、考え続けました。わずかに生き残った長崎医科大学の先生や学生は、この大村海軍病院で被爆《ひばく》患者の救護《きゅうご》を、けん命に行っています。その彼らの姿に胸《むね》を打たれながら、泰山院長の心に一つのひらめきが浮かび上がり、それは、確固《かっこ》たる信念へ転じていきました。

（この設備《せつび》の整っている大村海軍病院を、長崎医科大に譲《ゆず》ろう）

泰山院長は、古屋野《こやの》学長と相談して、大村海軍病院の長崎医科大学への譲渡《じょうと》の考えを、懇意《こんい》になったホーン軍医大尉に願い出ました。

日ごろから、被災《ひさい》した長崎医科大学に心を痛《いた》めていたホーン軍医大尉は、この案に快く協力を約束してくれました。

GHQの計《はか》らいで、古屋野学長は飛行機で東京に行き、文部省《もんぶしょう》、海軍省、厚生省《こうせいしょう》を訪れて、大村海軍病院を長崎医科大学が譲り受けられるように、交渉《こうしょう》を行いました。

この案については、GHQは好意的なのですが、日本の厚生省などでは、難航《なんこう》しています。でも古屋野学長は、亡き角尾《つのお》学長の、

「長崎医科大学の再興を、よろしく頼《たの》みます」

と、いう言葉を胸に、奔走《ほんそう》し続けています。

三、長崎の巡回診療《じゅんかいしんりょう》

「長崎に残されている戦災者《せんさいしゃ》の方々にも、手を差し伸べてください」

大村病院で働いている昇《のぼる》は、キミ子の言葉《ことば》を、よく思い起こすようになっていました。

そのような九月末、百合子《ゆりこ》が、昇の担当病舎《びょうしゃ》にやって来て、一枚の紙を見せました。

（我《わ》が長崎医科大は、絶対に長崎を捨てたのではない。長崎医科大なくして長崎市なく、長崎市なくしてまた医科

大はない。

諸子《しょし》は一年間講義《こうぎ》を忘れ、一年間卒業を忘れて、ただ、純《じゅん》なる気持ちで被災者救済《ひさいしゃきゅうさい》と、己《おのれ》の学校は己の手で、木を運んで建立《こんりゅう》する心になってくれるように嘆願《たんがん》する）

それは、長崎医科大学の卒業生や仮卒《かりそつ》で、召集《しょうしゅう》され復員した青年医師達による、長崎での巡回診療《じゅんかいしんりょう》への決起《けっき》の呼びかけでした。

「代表の方が、古屋野《こやの》学長の認可を受けられて、すでに巡回診療に取りかかられているそうです。できたら、私もお手伝いしたいと思うの。昇《のぼる》さん、どうか一緒《いっしょ》に参加してくださいな」

百合子《ゆりこ》は、真剣《しんけん》な顔で、昇に頼《たの》みました。昇はその言葉《ことば》に笑顔《えがお》で応《こた》えました。

「百合子さん、ちょうど僕《ぼく》も、長崎に残された負傷者の人達のことを、考えていたんだよ。僕は喜んで志願《しがん》するよ。僕は、いつでも百合子さんと一緒に、行動をするよ」

「昇さん、ありがとう。嬉《うれ》しいわ」

二人は、古屋野学長の許可を得て、巡回班《じゅんかいはん》が拠点《きょてん》としている長崎医科大学の焼け残った弘心寮《こうしんりょう》に向かいました。寮の入り口には、

（医科大診療班巡回・往診《おうしん》・診察致《しんさついた》します）

という、看板《かんばん》が下がっていました。一階の診療室は、被爆《ひばく》患者で一杯です。でもどの患者も、長崎医科大学と関る医療従事者達《いりょうじゅうじしゃたち》が、長崎の街《まち》のことを大切に思っていることに、嬉しさを隠《かく》し切れない様子《ようす》です。

昇と百合子は到着《とうちゃく》するとすぐに、浦上《うらかみ》方面に診療巡回するグループに入り、出発しました。長崎の被災地は、バラックの小屋が所々に建ちましたが、原爆投下後《げんばくとうかご》からほとんど変わっておらず、昇や百合子は沈痛《ちんつう》な面持《おもも》ちです。

百合子は、かつて家族と住んでいた松山町の辺《あた》りに来ると、いとしげに見渡しますが、それに応《こた》えるものは、何もありませんでした。

診療班は、二班に分かれて、バラックの小屋を一戸一戸訪《たず》ねて行きます。最初の訪問先《ほうもんさき》は、三菱《みつびし》工場で原爆に合ったという男性宅でした。長いあいだお風呂に入れず、汚《よご》れた衣服のために、ひどい悪《あく》臭《しゅう》です。脱毛《だつもう》と、顔や皮膚《ひふ》は黄色くなり、お腹《なか》が膨《ふく》れて黄疸《おうだん》の症状《しょうじょう》が出ています。血便《けつべん》があるとのことです。ビタミンCとカンフル注射をしました。

バラックの周《まわ》りはすごいハエです。それにトイレが無く、衛生状態《えいせいじょうたい》は劣悪《れつあく》です。昇や百合子は、患者の手指の消毒や、便の処置《しょち》、ハエの退治《たいじ》などをします。柿《かき》の葉の浸《ひた》した汁を置き、これを飲むように指示して、ここを去ろうとしました。その時、男性がすがるような目つきで、懇願《こんがん》しました。

「しぇんしぇい（先生）、また来てくるっかね（くれるかね）」

「また、必ず来ますよ」

その言葉に、黄色く変色した男性の瞳《ひとみ》が輝《かがや》きました。

次の家では、色さめた蚊帳《かや》の中に、老人と孫と思われる幼子《おさなご》が、横たわっていました。

その横の棚《たな》には、真新しい四つの骨壷《こつつぼ》が並んでいました。この中には、この子どもの両親も入っているのだろうと、昇《のぼる》も百合子《ゆりこ》も胸《むね》が熱くなりました。

老人は、顔面《がんめん》と背中《せなか》に重度のやけどがあり、そこにジャガイモのすったものを塗《ぬ》ったとのことですが、化《か》のうと悪臭《あくしゅう》がありました。昇は、乾《かわ》いたジャガイモのすり身を取り除き、消毒をして軟膏《なんこう》を塗り、ガーゼを被《かぶ》せました。

幼《おさな》い子どもはやせ細り、どんよりとした瞳《ひとみ》で、笑うことも泣く力さえもありません。最近は、脱毛《だつもう》と粘液質《ねんえきしつ》の血便《けつべん》があるとのことです。ブドウ糖《とう》とビタミンB・Cとカンフル注射をして、この四～五日は、十分に注意するように、老人に伝えました。老人は、弱々しくつぶやきました。

「もちっと（もうちょっと）早かったら、この親も助かったとに（助かったのに）……」

昇と百合子は、老人の言葉が重く胸《むね》にこたえながらも、次の訪問診療《ほうもんしんりょう》へと向かいました。お昼ご飯も食べずに回っても、五軒《ごけん》がやっとです。


夜になり弘心寮《こうしんりょう》に戻ると、サツマイモの炊《た》いた甘い匂《にお》いが漂っていました。先に診療を終えた看護《かんご》婦《ふ》が、夕食の準備をしていてくれていました。

三階の男子の部屋に、みんな集まって夕食です。サツマ汁もあります。

「このサツマイモ、すごく美味《おい》しいです」

昇が、熱々のサツマイモをほおばりながら言いました。

「この辺《あたり》は、原爆《げんばく》の跡地《あとち》にサツマイモやカボチャが、いっぱいできているんだ。原爆で灰となった街《まち》なのに、サツマイモやカボチャは、すごい生命力だよ。しかし、毎日毎日、サツマイモやカボチャばかりで……。ちょっとうんざりなんだけどなあー」

と、班長《はんちょう》の言葉に、その場は笑い声に包まれました。

裸電球《はだかでんきゅう》が灯《とも》る下《もと》、昇は、久しぶりに百合子と肩を寄せ合って座り、夕食を一緒《いっしょ》に食べられる幸せを感じていました。

「OH MY GOD……（ああ、神様……）」

長崎にやって来たジェーンさんは、色の無い廃墟《はいきょ》となった街《まち》に、呆然《ぼうぜん》と立ちすくみました。心の奥底から涙《なみだ》の塊《かたまり》が上がってきて、その場に座り込みました。大村《おおむら》海軍病院では、想像を絶《ぜっ》する、被爆《ひばく》患者の姿にも接してきたのです。

（ICHIROU（一郎）……I AM SORRY（ごめんなさい）……）

ジェーンさんは、戦争の間も忘れたことがなかった朝倉先生の顔が、目の前にありありと浮かんできました。争《あらそ》いの嫌《きら》いだった朝倉先生。最後まで戦争に反対していた先生です。

朝倉先生は、正しかったのです。その戦争によって、このように凄惨《せいさん》なことがもたらされたのです。でも、人類史上初めて原子爆弾《ばくだん》がよもや戦争に使われるとは、投下《とうか》した国のアメリカ人であるジェーンさんさえ、想像を絶《ぜっ》することでした。

ジェーンさんは、うずくまったまま、右手で灰色の土をつかむと、その手を空に振《ふ》りかざして、勢いよく立ち上がりました。

「I MUST WORK FOR NAGASAKI AND HIROSHIMA……（私は、必ず長崎と広島のために尽《つ》くします……）

I AM AGAINST WAR FOREVER……（私は、永久に戦争に反対します……）」

ジェーンさんの、空に向けたこぶしの先は、朝倉先生の思いと一つになっていました。


「田口君、GHQの女性が面会だよ」

班長《はんちょう》の呼びかけで、昇《のぼる》は診療所《しんりょうしょ》の入り口に出て来ました。

「ノボルサン」

GHQの女性は、昇と会うなり、ギュッと抱きつきました。昇は、突然《とつぜん》のことでびっくりしています。

「ノボルサン、ジェーンデス」

「えっ？　ジェーンさん？　ジェーンさんって、きれいな金髪《きんぱつ》の長い毛だったのに……」

「ソウ……。センソウカナシクテ、キリマシタ」

そのジェーンさんのほほには、いく筋《すじ》もの涙《なみだ》が光っていました。百合子《ゆりこ》も二人の様子《ようす》を、驚《おどろ》いて眺《なが》めています。

ジェーンさんは、キミ子から、昇が大村《おおむら》海軍病院で救護《きゅうご》活動をしていると聞き、病院を訪《たず》ねました。

でも昇は、長崎の巡回診療《じゅんかいしんりょう》に参加しているとのことで、弘心寮《こうしんりょう》の地図を書いてもらったのです。

「ジェーンさん、日本に来てたんだ」

「ハイ。GHQノツウヤクナリマシタ。コウベデ、ハタライテマス。ナガサキ、シゴトツクッテ、ノボルサン、アイニキマシタ」

「百合子さん、僕《ぼく》が以前に話してた金髪の美しいジェーンさんだよ」

「まあ、ジェーンさんですか。昇さんからとてもきれいで優《やさ》しい方と、おうわさを、伺《うかが》っていました」

「OH LILY（百合）? ユリコサン、アナタウツクシイ、ノボルサンノフィアンセ?」

「えっ?、フィアンセって」

「許婚《いいなづけ》ってことだよ。まあ、そんなもんだよね」

昇の訳した言葉に、百合子は真っ赤な顔になりました。

「ノボルサン、オメデトウ」

ジェーンさんの高らかな祝福《しゅくふく》の声が、診療所のすみずみまで、いき渡ります。

「えっ?、田口君と林百合子さんは、そうだったんか。道理《どうり》で、何をするのも一緒《いっしょ》だなと、思っていたんだよ」

後ろで、昇達の会話を聞いていた診療班《しんりょうはん》のメンバーも、集まってきました。

「よし、今夜は、田口君と百合子さんのお祝《いわ》い会をしよう。原爆《げんばく》の混乱で、きっと、お披露目《ひろめ》もできなかったんだろう。ジェーンさんとやら、汚《きたな》い所ですが、ご一緒にいかがですか」

「OH WONDERFUL（ステキ）。モチロンデス」

昇《のぼる》と百合子《ゆりこ》は、周《まわ》りの盛《も》り上がりに、戸惑《とまど》うばかりです。

「ゴメン……。百合子さん」

昇は、頭をかきながら、百合子に謝《あやま》りました。

「昇さんたら……。でも、嬉《うれ》しいわ」

百合子の消え入るようなささやきに、昇は目を輝《かがや》かせました。

その夜、弘心寮《こうしんりょう》からは、にぎやかな笑い声が、原子野《げんしの》にもれ出《い》でていました。


弘心寮に泊ったジェーンさんは、翌朝《よくちょう》、昇と百合子に別れを告げました。

「コウベノシゴト、オワッタラ、ワタシ、ナガサキニキマス。ノボルサン、ユリコサン、シアワセ、イノッテマス」

ジェーンさんは、自分が果《は》たせなかった夢を、二人に託《たく》しました。

「コノホン、アサコサンカラ」

別れ際《ぎわ》に、ジェーンさんは、真っ赤な表紙の『キュリー夫人伝』を、昇に手渡しました。

「この本。焼けなかったんだ……」

「赤い、きれいなご本」

百合子が、昇が手に持つ『キュリー夫人伝』を、そっとなでました。

「イチロウ……ヨカッタネ」

ジェーンさんが空を眺《なが》めると、朝日の光が柔《やわ》らかく射《さ》し込み、まるで朝倉先生が、ほほ笑《え》んでいるように見えました。

第七章　長崎の鐘は鳴り続ける

一、アンジェラスの鐘《かね》

ジェーンさんの訪問《ほうもん》により、昇《のぼる》と百合子《ゆりこ》は将来の伴侶《はんりょ》として、いっそう強く心で結ばれるようになりました。

ただ、百合子は巡回診療《じゅんかいしんりょう》をしながら、最近、よく疲れを感じるようになってきました。

「百合子さん、次の患者さんが待ってるから、早く早く」

「昇さん、ごめんなさい。今行きますからね」

百合子は、足に鉛《なまり》の重りを付けているようで、早く歩けなくなってきたのです。

「百合子さん、ちょっと顔色が悪いけど大丈夫《だいじょうぶ》？」

昇も次第《しだい》に、百合子のことが心配になってきました。

「百合子さん、巡回診療で毎日たくさん歩くから、きっと疲れが出てきたんだ。明日からは、寮《りょう》で待っていて」

「そんなのいやよ。私は、いつも昇さんと一緒《いっしょ》よ」

二人は、顔を見合わせて笑いました。

でも、百合子の衰弱《すいじゃく》は日ごとに、進んでいきました。

ある朝、昇は洗面所で、そでをたくし上げて顔を洗っている百合子の腕《うで》を見て、ぎょっとしました。そこには、紫色《むらさきいろ》の斑点《はんてん》がいくつか、浮かんでいたのです。

「百合子さん。その斑点……」

「えっ……。これは何でもないわ」

百合子は、慌《あわ》てて洋服のそでを下《お》ろしました。

「百合子さん、何を言ってるんだよ。僕達は、数え切れないほどの原爆《げんばく》患者さんを診《み》てきたんだ。その紫斑《しはん》は……その紫斑は……」

「昇さん、それ以上は、言わないで。お願い」

百合子は、昇の胸《むね》に顔をうずめました。

（百合子さんは、原爆《げんばく》が落ちても、ケガ一つしなかったのに……）

と、昇は思いながらも、山里《やまざと》国民学校で見つけた葉子《ようこ》が、けがもなかったのに、二日後に紫斑が出て苦しみながら亡くなったことを、思い浮かべました。

（ちがう……。百合子さんは、絶対ちがう。原爆後三ヶ月もの間、元気に救護《きゅうご》活動を続けてきたんだ。とても健《けん》康《こう》だった。今ごろ、原子病《げんしびょう》になるはずはない）

昇は自問自答《じもんじとう》しつつ、打ち消そうとするのですが、何か真っ黒な恐《おそ》ろしいものが、百合子の身体をむしばんでいることを、感じずにはいられませんでした。

一〇月の下旬になり、長崎医科大学が大村《おおむら》海軍病院に移転の方向が決まり、先生や学生達に大村海軍病院に集合との呼びかけがありました。特に、まだ医師免許証《めんきょしょう》を持っていない医学生には、強く求められました。巡回診療の班長《はんちょう》は、無念《むねん》の思いを抱《いだ》きながらも、解散のあいさつをしました。

「我々《われわれ》は、『愛校愛市《あいこうあいし》』の精神に基《もと》づき、短い期間ではあったが、ここに任務を終える。多難《たなん》ではあるが、長崎医科大と長崎の民《たみ》の復興《ふっこう》を祈念《きねん》する」

『長崎医科大学』の名の元に始めたこの巡回診療《じゅんかいしんりょう》は、長崎に取り残された原爆《げんばく》患者達に、希望と励《はげ》ましをもたらして、その治療《ちりょう》に大きな貢献《こうけん》をしました。

長崎の人々は、共に被爆《ひばく》した長崎医科大学が、今もなお寄り添《そ》ってくれていることを、どんなにか、心から喜んだことでしょう。

しかし、このころには百合子《ゆりこ》は、ほとんど歩けなくなり、床《とこ》に伏《ふ》せるようになっていました。昇《のぼる》は、設備《せつび》の整った大村《おおむら》海軍病院での、百合子の治療《ちりょう》を強く望みました。しかし、百合子を病院まで運ぶ車の手配が難《むずか》しくて悩《なや》んでいました。

「昇さん、私は……大村より……この長崎にいたいわ」

「百合子さん、そんな我《わ》がままだめだよ。大きな病院で治すんだ」

「昇さん、私達は……沢山《たくさん》の原爆患者さんを診《み》てきたわ……。今の私のような状態《じょうたい》になると、大村海軍病院でも、もうだめよ……」

「百合子さん、そんなこと言っちゃだめだ」

しかし、百合子の長崎に留《とど》まる意思は強く車も見つからないので、当面は、近くの新興善救護所《しんこうぜんきゅうごしょ》に収容されることになりました。班長《はんちょう》は、別れ際《ぎわ》に昇に言いました。

「田口君、いまの事情を、古屋野《こやの》学長に報告しておくよ。百合子さんが回復することを、祈《いの》ってるからな」

昇は、診療班のメンバー達と別れて、借りたリヤカーに百合子を乗せて、新興善救護所に向かいました。

新興善救護所は、倒壊《とうかい》を免《まぬが》れた新興善国民学校に設立《せつりつ》されて、長崎における救護の要《かなめ》となっていました。長崎で開業していた医師などや、日本赤十字から派遣《はけん》された看護婦《かんごふ》たちが、ここで救護活動を続けているのです。

国民学校の二階と三階が病室となり、板の間に布団《ふとん》が敷《し》かれています。しかし割《わ》れた窓ガラスをベニヤ板で防ぎ、雨もりのある所にはバケツを置くという、大村海軍病院とは、比べものにならない、粗末《そまつ》な救護所でした。

それにも関らず、百合子はここが気に入ったのか、嬉《うれ》しそうです。

「ここだと、昇さんが何時も近くにいるので……いいわ……。大村の病院では……なかなか会えなかったもの……」

百合子は二階の病室に収容され、昇は一階の外来《がいらい》で診療の手伝いをしていますが、時間を見つけては、百合子の枕元《まくらもと》にやってきます。夜も病室の隣《となり》の音楽室で、昇は寝泊《ねとま》りをしますが、消灯《しょうとう》時間までは百合子の枕元で過ごしました。二人は、色々な話をします。

「昇さん……、キミ子さんって……きれいな言葉《ことば》を……使われるわね……」

「ああ、キミちゃんは群馬《ぐんま》の出身で、尋常《じんじょう》小学校を出て、すぐにうちに来たんだ。最初は、群馬の方言も出て、僕《ぼく》はいいなと思ってたんだけど……。うちのおばあちゃん、言葉《ことば》づかいに厳《きび》しくて、すごく努力して、神戸の言葉になったんだよ」

「やはり……そうだったのね……。私も長崎の尋常《じんじょう》小学校を出て……神戸の姉の家から、看護《かんご》学校に通ったの。姉が神戸では、長崎弁を使わないようにって、厳しくてね……」

「そうかなあー。僕《ぼく》は長崎弁好きだな。何か親しみを感じるし。それでいて『ばい』とか『たい』って、凛《りん》とした感じがするよ」

「私は……神戸の言葉が好きだわ……。大阪弁とも違《ちが》って……ちょっとオシャレで……。それに一番は……。神戸の言葉のお陰《かげ》で……こんなに……昇《のぼる》さんと……近くなれたのよ……」

「百合子《ゆりこ》さん、僕達は、言葉だけじゃないよ。心で惹《ひ》かれ合ったんだ」

「本当に……そうね……」

百合子は、満《み》たされた笑顔《えがお》です。昇は、その彼女のやせた手を両手で包み込みます。

しかし、二人の強まる絆《きずな》に反して、百合子の病状は日ごとに悪化していきました。一二月に入ると、百合子の美しかったつややかな黒髪《くろかみ》が、ごそっと抜けるようになってきたのです。

「何か……いやな匂《にお》いがするの……。気持ちが悪いの……」

と、百合子はつぶやき、嘔吐《おうと》をすることも増えてきました。昇は窓を開けて、空気の換気《かんき》をしばしばしますが、百合子の『いやな匂い』はなくなりません。

昇はこのような彼女の容態《ようだい》が心配で、百合子から採《と》った血の検査と、ペニシリンを分けてもらいに、大村海軍病院《おおむら》に行く決意をします。

「百合子さん、僕は用事で大村海軍病院に行かないといけないんだ。夕方までに必ず帰るからね」

「昇さん……。絶対……早く……帰ってね……」

頭髪《とうはつ》の無くなった頭を、手ぬぐいで巻いた百合子は、幼子《おさなご》のようなつぶらな瞳《ひとみ》で、昇を見送りました。

大村海軍病院は、ＧＨＱからペニシリンが日本で始めて入手されて、原爆《げんばく》患者達に使われた治療機《ちりょうき》関《かん》でした。この頃のペニシリンは、黄色《きいろ》の粉末で、常に一〇度以下に保たなければならず、また短期間しか貯蔵《ちょぞう》できないものでした。

昇は、新興善救護所《しんこうぜんきゅうごしょ》にも少し分けてほしいと病院に頼《たの》み込み、それが叶《かな》いました。百合子の採血《さいけつ》の検査も依頼《いらい》することができました。

「田口さん、戻《もど》って来たの?」

婦長に、呼び留《と》められました。

「ああ、婦長さん。お久しぶりです。僕は今、長崎の新興善救護所で手伝っているんです」

「まあ、長崎でね。ご苦労さまね」

「いやー。

ところで、あのー、ちょっと婦長さんから、すごくいい匂《にお》いがするんですけど」

昇は、生まれて初めての、いい匂いに、びっくりしました。

「ふふふ、これよ。オーデコロンといってね、すごくいい匂《にお》いなのよ」

婦長がポケットから、大事そうに取り出したきれいなビンには、百合《ゆり》の花の絵と、ＬＩＬＹと書かれたラベルが張《は》ってありました。それを凝視《ぎょうし》した昇《のぼる》は、

(これだ)

と、胸《むね》をときめかしました。

「婦長さん、お願いです。そのオーデコロンとやらを、僕《ぼく》にください。どうか、お願いです」

「えっ？　これは、ＧＨＱさんのお仕事を手伝ったお礼にもらった、とても高価な大切なものよ。そんな……」

婦長は、昇の、とう突《とつ》な懇願《こんがん》に戸惑《とまど》っています。

「このオーデコロンが、高価で貴重《きちょう》なものだということは、よくよく分かっています。でも僕には、今これが必要なのです。お願いです」

昇の真摯《しんし》な態度は、背景《はいけい》は分からなくても、婦長の心を動かしました。

「いいわ。田口さんは真面目《まじめ》な青年だから、きっと何か事情があるのでしょう。このオーデコロンは、差し上げます」

「やったー」

昇は飛び上がって、婦長に抱きつきました。

「田口さん……」

「あっ、ごめんなさい」

昇は、頭をかいて謝《あやま》りました。

昇は、一呼吸置《ひとこきゅうお》くと、ポケットから、いつも大事に身に付けている、キミ子から渡された金の懐中時《かいちゅう》計を、取り出しました。

「あの……。婦長さん、失礼かもしれませんが。この時計を受け取ってください」

「まあ、田口さん。こんな高価なもの。あなたこれ分かっているの」

「はい。でも今の僕には、金より何より、このオーデコロンが必要なのです」

昇は、手ぬぐいで包んだオーデコロンと、貴重なペニシリンをリュックに入れて、百合子《ゆりこ》の顔を思い浮かべながら、足取りも軽く帰り道を急ぎました。

「ああ……いい匂い。さわやかで、胸の中が清められるようだわ」

百合子の、喜びようは、予想以上のものでした。病室がオーデコロンの百合の香《かお》りに包まれました。他の患者達も、

「良か匂いたい……」

「こげん、良か匂い……」

と、口々に言い合っています。

「このオーデコロンは、ＬＩＬＹって百合《ゆり》という名で、百合子さんを表わしているんだよ」

「ＬＩＬＹ……ステキね……。でも坊主《ぼうず》になっちゃった私には……」

百合子の言葉《ことば》をさえぎって、昇《のぼる》は言いました。

「百合子さんの坊主って、可愛《かわい》くて、僕《ぼく》は大好きだよ」

「まあ……昇さんたら……」

二人は、手を取り合って笑いました。

オーデコロンのお陰《かげ》で、百合子はしばらく、吐《は》き気も止まり元気になったようで、よく昇に話しかけました。

「昇さん、私の夢って……分かる？」

「うーんと、そうだな。純白《じゅんぱく》の花嫁衣裳《はなよめいしょう》を着て、僕のお嫁さんになること？」

「そうね……ステキ……。でも……もっと……ささやかで」

「うーんと、トランプの手品をすること？」

「昇さんの手品……懐《なつ》かしいわ……。でもちがうの。

私……神戸の新開地《しんかいち》で……昇さんと映画を観《み》て……。そして……元町の丸福《まるふく》で……ラーメンを……食べたいの……」

「うん……。絶対にそうしよう」

昇は、胸《むね》が一杯になり、百合子を愛《いと》おしく抱き締《し》めました。

オーデコロンの効《き》き目も、長くは続きませんでした。ペニシリン注射も医師に打ってもらいましたが、一二月も半ばを過ぎると、百合子は、話すのも辛《つら》そうになってきました。

百合子は、天主さまの元に召《め》される死は、怖《こわ》くはありませんでした。ただ、できることなら、この世での昇と一緒《いっしょ》の時間を、少しでも長く持てたらと願う日々でした。

大村《おおむら》海軍病院からは、百合子の血液検査《けつえきけんさ》の結果が届きました。昇はそれを見て、覚悟《かくご》はしていましたが、がっくりと肩を落としました。白血球《はっけっきゅう》が異常に低いのです。正常値が四千~六千なのに、百合子の白血球の数値は、四百くらいしかありませんでした。

血液中の大切な白血球が極端《きょくたん》に減ると、細菌《さいきん》が暴《あば》れるままとなり、さまざまな症状《しょうじょう》が現われるのです。今では、元気をつけるためのブドウ糖《とう》や、ビタミンの注射をした百合子の腕《うで》は、黒紫色《くろむらさきいろ》に変色するようになってきました。

百合子は、熱も高くなり、意識《いしき》がなくなっているのか、ほとんど目を開けなくなりました。昇はその枕元《まくらもと》で、冷たい水で絞《しぼ》った手ぬぐいを換《か》えては、百合子の額《ひたい》にのせます。

一二月二四日のクリスマスイヴです。その日、百合子は何日ぶりかで目を開けました。

「百合子さん、気がついたんだ」

昇は、嬉々《きき》として、百合子の手を取りました。

「昇……さん……。グビロ……丘……行き……」

「えっ？　そんなの。熱があるのに、外は寒いよ」

百合子《ゆりこ》の澄《す》んだ瞳《ひとみ》が、昇《のぼる》に懇願《こんがん》しています。

「分かった……行こう。僕《ぼく》が負《お》ぶってあげる」

昇は、百合子を背負《せお》い、その上から百合子の頭も包んで、毛布《もうふ》を被《かぶ》りました。


グビロが丘までは、急な坂道が続きます。昇は一歩一歩、踏《ふ》み締《し》めながら登って行きます。昇は、背中の百合子が、思ったより軽いのが悲しいです。百合子の熱っぽいほほが、昇の首筋《くびすじ》にぴったりと当たっています。

「百合子さん、グビロが丘だよ」

丘の上にやって来ると、まだまだ、色を喪失《そうしつ》したままの浦上《うらかみ》の街《まち》が一望《いちぼう》できます。向こうの丘には、壊《こわ》れた天主堂が見えます。

昇は、百合子を背中から降《お》ろすと、毛布でくるんで両手で抱き、丘の端《はし》にある石の上に腰《こし》を下《お》ろしました。毛布に包まれた百合子は、赤子《あかご》のように無垢《むく》な姿です。昇は愛《いと》しげに、百合子にほおずりをします。

「このグビロが丘は、僕達にとって大切な所。一緒《いっしょ》に美しい浦上の街と天主堂を眺《なが》めた場所。それに、原爆投下《げんばくとうか》直後には、一緒《いっしょ》に、けん命に被爆者《ひばくしゃ》さん達の救護《きゅうご》をした……場所……」

百合子は、つぶらな瞳で昇を見詰《みつ》めています。そして、震《ふる》える手で首のロザリオをさわると、

「こ……れ……。のぼ……る……さん……に……」

昇は、百合子を抱き締めると、泣きながら言い放《はな》ちました。

「いやだ、こんなのいらない。僕を置いて行かないで……」

百合子も、瞳に涙《なみだ》が一杯です。

「いつ……も……いっ……しょ……」

「うん……。僕達は、これからもずっと一緒だ」

その時、突然《とつぜん》、

「カーン、カーン、カーン、カーン……」

浦上天主堂右塔基部
（長崎原爆資料館所蔵）

崩《くず》れた天主堂から、鐘《かね》の音《ね》が鳴り響《ひび》いたのです。

「えっ？……これってアンジェラスの鐘？……。そんな？……。でもきっとアンジェラスの鐘だ。

百合子さん、百合子さん。アンジェラスの鐘が……鐘が、鳴ってるよ……」

昇が百合子の顔をのぞくと、鐘の音と共に天使が迎《むか》えに来たかのように、ほほえみを浮かべながら、亡くなっていきました。

「……いやだ……いやだ……。いやだー」

昇《のぼる》の叫《さけ》び声を包み込むように、がれきの底から掘《ほ》り起こされた大きな方のアンジェラスの鐘が、昭和二〇年一二月二四日のクリスマスイヴに、浦上《うらかみ》の街《まち》に再び鳴り渡ったのです。

二、戦禍《せんか》を越えた『キュリー夫人伝』

新興善救護所《しんこうぜんきゅうごしょ》の人達による、百合子《ゆりこ》の火葬《かそう》を終えると、昇は、その骨壺《こつつぼ》を抱き、寝泊《ねとま》りをしていた音楽室に一人こもり続けました。その胸《むね》には、百合子の形見《かたみ》のロザリオが光っていました。

食事もほとんどとらない昇を見て、新興善救護所の医師や看護婦達《かんごふたち》は、昇のことを心配しています。でも昇は、今は誰《だれ》とも話しさえできない状態《じょうたい》なのです。お正月も、知らない間に過ぎていました。

「カーン、カーン、カーン……」

百合子が亡くなった昨年のクリスマスイヴに、奇跡的《きせきてき》に発掘《はっくつ》された大きなアンジェラスの鐘《かね》は、その後毎日、朝の五時半、昼の一二時、夕方の六時に長崎の荒野《こうや》に鳴り続けています。身内を亡くしたり、傷《きず》つき床《とこ》に伏《ふ》せる長崎の人々は、この音《ね》によりどれほど慰《なぐさ》められ、励《はげ》まされたことでしょう。

昇は、このアンジェラスの鐘の音と共に、百合子が天に召《め》されていったことが、偶然《ぐうぜん》とは思えず、不思議《ふしぎ》でたまりませんでした。鐘の音が心の底まで染《し》み通ります。

そのような中で、昇は、窓際《まどぎわ》に立てかけていた真っ赤な本に目がいきました。ジェーンさんから渡された、朝倉先生が次世代《じせだい》の昇に託《たく》した『キュリー夫人伝』です。

昇は、その本を手に取ると、ゆっくりとページをめくっていきました。

『放射能』

昇は、その言葉《ことば》に目が留《と》まりました。これは、キュリー夫人が生み出したものです。キュリー夫人と夫ピエールは、生涯《しょうがい》をかけて放射線の研究に没頭《ぼっとう》したのです。その功績《こうせき》により、二人はノーベル賞を得て、放射線の医学的利用の普及《ふきゅう》に努《つと》めました。

しかし、その一方で、放射線の脅威《きょうい》をも、人類に警告《けいこく》していたのです。夫ピエールは、ノーベル賞受賞の記念講演で、夫人と共に発見した強い放射線を出すラジウムについて、

「諸国民《しょこくみん》を戦争にひきずりこむ大犯罪者《だいはんざいしゃ》たちの手にわたれば、とてつもない破壊《はかい》の手段《しゅだん》になるのです」

と、力説しました。昇は、かつてこの本のこの箇所《かしょ》を読んだ時の不安感を、ありありと思い起こしました。

（朝倉先生は、渦中《かちゅう》の戦争においても、放射線の研究が悪用された場合の恐《おそ》ろしいことを、僕達に伝えようとしたのではないだろうか）

昇は、『キュリー夫人伝』にのめり込み、何度も繰《く》り返して読みました。

昔は理解できなかったことも、今はよく心に伝わります。特に注目したのは、放射線を研究し、医《い》療《りょう》にも活用し続けてきたキュリー夫人自身でさえ、放射線障害《しょうがい》による白血病《はっけつびょう》で亡くなったことです。

百合子《ゆりこ》も、白血球が極端《きょくたん》に減少《げんしょう》して亡くなりました。

それは、百合子だけではなく、あまたの原爆被爆《げんばくひばく》患者たちにも、見られることです。原子爆弾《げんしばくだん》によ

る放射能は、さまざまな症状《しょうじょう》をもたらして、死に至《いた》らしめているのです。

（そうか……そうだったんだ……。放射線が鍵だったんだ。

朝倉先生の導《みちび》きの通り、僕《ぼく》は、原子爆弾《げんしばくだん》における放射線について、必ず究明するぞ。百合子《ゆりこ》さんの無念《むねん》を、きっと晴らして見せるんだ）

昇《のぼる》は、胸《むね》の底から湧いてきた熱い塊《かたまり》が、全身に脈々《みゃくみゃく》と広がっていくのを感じました。

昇の胸のロザリオが、まばゆく輝《かがや》いています。

（いっ……も……いっ……しょ……）

百合子の、途切《とぎ》れ途切れの言葉《ことば》が、よみがえります。その時、

「昇さん……」

百合子の呼びかけでしょうか……。昇は窓《まど》の外を見ました。

「昇さん、ここよ……」

その声は、音楽室の入り口からでした。昇が、寝《ね》不足の目をこすって見詰《みつ》めると、何とそこには、キミ子と朝子が立っていたのです。

「キミちゃん、ああちゃん」

キミ子と朝子は、昇の所に駆《か》け寄りました。

キミ子は、昇から、

（百合子さんが、亡くなりました）

という、電報《でんぽう》のような一行だけの手紙を受け取りました。朝倉先生から贈《おく》られたペンは、昇の悲痛《ひつう》な叫《さけ》びをキミ子へ届けました。キミ子は朝子と共に、一昼夜かけて汽車に乗り、差出し場所の新興善《しんこうぜん》救護所《きゅうごしょ》に駆けつけて来たのです。

「昇さん……」

「キミちゃん……」

昇は、母親のようなキミ子の懐《ふところ》に抱かれました。キミ子は、一緒《いっしょ》に泣いてくれます。静かな時が流れています。

昇は、キミ子に、故郷《ふるさと》の神戸と家族の温《ぬく》もりを感じつつ、自分の涙《なみだ》が次第《しだい》に浄化《じょうか》されていくように思えました。

尋常小学校《じんじょう》を出てすぐに、群馬《ぐんま》から神戸にやってきたキミ子は、田口家の人々に心を傾《かたむ》け続けている内に、神戸の御影《みかげ》の田口家の人となっていたのです。

「キミちゃん、僕は、キミちゃんとの約束《やくそく》を果たせないかもしれない。原爆患者《げんばくかんじゃ》さん達の救護《きゅうご》が一段落《いちだんらく》したら、神戸に帰ると約束したけど。一段落なんてしないことが、百合子さんの死によって、よく分かったんだ。

百合子さんは、原爆投下《とうか》の真下にいたにも関らず、傷一つ負わず、この三ヶ月余り、僕《ぼく》を支え続けて、一緒《いっしょ》に救護活動に専念《せんねん》してきたんだ。その元気だった百合子さんが、突然《とつぜん》に体調が悪くなり色々な症状《しょうじょう》が出て、一ヶ月も経《た》たない内に亡くなってしまった。

僕《ぼく》は、今でもこのことが信じられないくらいなんだ。

でも、まだまだ、これからも百合子《ゆりこ》さんのような患者さんが、増えてくるんだ。僕自身もいつ、そのようになるかもしれない。だから……」

「昇《のぼる》さん。よく分かったわ。昇さんは、もう私だけの夢を託《たく》す人ではなく、長崎にとって、なくてはならない方となったのね」

「キミちゃん……」

「私は、何時《いつ》でも、どんなことがあっても、昇さんを応援《おうえん》し続けるわ。

昇さん、原爆《げんばく》の怖《おそ》ろしさを研究してくださいな。それは長崎だけでなく、日本のいえ、世界のためにもね」

「昇にいちゃん、私も、応援してるわ」

二人の会話を、ずっとそばで聞いていた朝子が、加わりました。

「ああちゃん」

昇は、妹朝子と向かい合いました。

「昇にいちゃん、田口医院のことは、心配しないで。私、お医者さんになりたいの。

一生けん命に勉強して必ずお医者さんになってみせるわ。そして田口医院を再開して、御影《みかげ》の結核《けっかく》の患者さんを全部治してみせるの」

「ああちゃん」

「朝子さん」

昇とキミ子は、朝子の宣言《せんげん》にびっくりしました。

「ああちゃん、いつから……」

と、昇が問いかけると、朝子は机の上に置いてあった『キュリー夫人伝』を、手に取りました。

「これは、朝倉先生が、兄ちゃんに残してくれた本。昔、兄ちゃんがよく私に読んでくれたけど、内容は難《むずか》しくてあまり分からなかった。

でも、私はこの本から、女の人でも、努力したら、キュリー夫人のように立派《りっぱ》な人になれるということを、教わったのよ。その時から、私も父さんや兄ちゃんのように、人を助けるお医者さんになりたいと、思うようになったわ」

「そうなんだ、ああちゃん。

実は僕も、『キュリー夫人伝』を読み直して、放射線の研究が、この原爆がもたらした恐《おそ》ろしいことを解《と》き明かす根幹《こんかん》じゃないかと、考えるようになったんだ。この本のお陰《かげ》なんだ。

もうすぐ、大村《おおむら》海軍病院で長崎医科大の講義が再開されるらしいんだ。僕は、まだまだ未知の放射線のことを勉強して、必ず、原爆症《しょう》と放射線との関りを、解明《かいめい》して見せるよ」

キミ子は、わが子のように思う二人の成長がまぶしくて、流れる涙《なみだ》を手でぬぐっています。朝子がそばに行き、手ぬぐいでその涙を優《やさ》しくふきました。

「キミちゃんが、この本を他の貴重品《きちょうひん》と一緒《いっしょ》に、金庫《きんこ》に入れて、庭に埋《う》めてくれてたのよ」

「キミちゃんが、この本を守ってくれたんだ。ありがとう。

僕《ぼく》は、この本によって、また生きる目標《もくひょう》を見出《みいだ》せたんだ。

原子爆弾《げんしばくだん》による放射線を、徹底的《てっていてき》に研究するぞ。

百合子《ゆりこ》さん……応援《おうえん》してくれるよね」

それに応《こた》えるように、昇《のぼる》の胸《むね》のロザリオが、キラッと光りました。昇は、このロザリオを通して、百合子がいつもそばにいることを、感じるようになってきたのです。

「カーン、カーン、カーン……」

昼の一二時を告げるアンジェラスの鐘《かね》の音《ね》が聞こえます。

（大きな鐘には『愛のしるし』と彫《ほ》られているのよ）

ふと突然《とつぜん》、百合子のかつての言葉《ことば》が、ありありとよみがえりました。甘美《かんび》な鐘の音が、昇の胸を暖かく満たしていきます。

「そうか……。このアンジェラスの鐘の音は、百合子さんが僕に遺《のこ》してくれた『愛のしるし』なんだ」

冬の凍《い》てつくような昇の心を、百合子の『愛のしるし』と、故郷神戸《ふるさと》の温《ぬく》もりとが、次第《しだい》に溶《と》かしていってくれました。

さらに、昇に生きる指針《ししん》を与えてくれた『キュリー夫人伝』は、窓《まど》からの日射《ひざ》しに照らし出されて、真紅《しんく》に煌《きらめ》いています。

三、お父さんの帰還《きかん》

「父さん」

「昇」

昭和二六年八月、終戦直前からソ連軍によってシベリアに抑留《よくりゅう》されていたお父さんが、やっと帰国できたのです。昇は、最近よく貧血《ひんけつ》に悩まされるようになりましたが、キミ子からの電報《でんぽう》を受け取り、七年ぶりの神戸に駆《か》けつけました。

九年の時を経て、父と息子は再会することができたのです。

「父さん、こんなにやせてしまって……」

昇は、かっぷくの良かった、かつてのお父さんを思い出しながら、老いてやつれた父を、いたわりながら包みました。

昇の想像通り、シベリアでの抑留生活は、飢餓《きが》と重労働と酷寒《こっかん》の三重苦でした。厳《きび》しい寒さの中、木の伐採《ばっさい》などの強制労働をさせられ、満足《まんぞく》な食事も与えられなかったのです。

ソ連は昭和二〇年八月八日に対日参戦《さんせん》を布告《ふこく》して、満州《まんしゅう》や樺太《からふと》などの日本人約五七万五千人を、捕虜《ほりょ》としてシベリアに連行しました。その苛烈《かれつ》な抑留《よくりゅう》生活により、一割の六万人近くが亡くなりました。

お父さんは、その次々と倒《たお》れる日本人の治療《ちりょう》を、自分自身も弱っていくにも関らず、最後まで残り、やり通したのでした。それを知った昇《のぼる》は、感極《かんきわ》まって言いました。

「父さんは、やはり立派《りっぱ》だ。僕も父さんみたいに、医師として、これからもずっと原爆症《げんばくしょう》の人達を助けるよ」

「私を支え続けたのは……昇《のぼる》への思いなんだ。長崎に原子爆弾《げんしばくだん》が落とされたことを知り、長崎医科大学で学ぶことを、昇に勧《すす》めた自分自身を責《せ》め続けていたよ……。

しかし昇は必ず生きていると信じ、再び会うことを、心の糧《かて》として生き抜《ぬ》いたんだ」

「父さん、やっと……また会えたね」

お父さんは、そばにいる朝子とキミ子にも手を差《さ》し伸《の》べました。田口家の四人が、戦争の苦難《くなん》を乗り越《こ》えて、やっと集《つど》える時を迎《むか》えたのです。

キミ子により、長崎の昇とも相談しながら、元の田口家のイメージを生かした家も、再建《さいけん》されています。でも、あの田口家の芳《かぐわ》しき日々は、二度とは戻《もど》ってはきません。

（母さんがいないと、こんなに寂《さび》しいんだ）

朝子が、幼《おさな》いころに思った気持ちは、心の底で、今も変わりなくあります。

でも、もうあのころのようには泣きません。朝子は、ぐっとくちびるをかみ締《し》めて思います。

（やっと、田口家の戦争が終わったわ）

翌日《よくじつ》、昇は新開地《しんかいち》の映画館で、『誰《た》がために鐘《かね》は鳴る』の映画を一人で観《み》ました。イングリット・バーグマンとゲイリー・クーパー共演《きょうえん》のアメリカ映画です。戦争により引き裂《さ》かれた悲恋《ひれん》の物語でした。最後に流れた、

「カーン、カーン、カーン……」

という鐘《ね》の音が、長崎のアンジェラスの鐘の音と重なり、百合子《ゆりこ》を思います。

その思いを抱《いだ》きつつ、元町の丸福《まるふく》にやってくると、ラーメンを二つ注文しました。

（百合子さん、丸福のラーメンだよ。さあ、一緒《いっしょ》に食べよう……）

昇は、胸《むね》のロザリオに手をやると、熱々のラーメンを、心の中にいつもいる百合子と共にすすりました。

（百合子さん、美味《おい》しいね……）

昇は食べながら、涙が逆流《ぎゃくりゅう》して味が変わってきたことを感じ取りました。

（こんな、ささやかな夢も、戦争は奪《うば》ったんだ）

この昭和二六年四月一一日、ＧＨＱの最高司令官であったマッカーサー元帥《げんすい》が解任《かいにん》されて、アメリカに帰国しました。

また、五月一日には、原爆投下《げんばくとうか》直後から被爆者《ひばくしゃ》の救援《きゅうえん》活動に奔走《ほんそう》した永井隆《ながいたかし》博士が、病臥《びょうが》の中から、『長崎の鐘』や『この子を遺《のこ》して』などの、原爆を題材とした優《すぐ》れた作品を遺して、白血病《はっけつびょう》で亡くなりました。

同じく、被爆者の救援活動に尽力《じんりょく》して、自《みずか》らも原爆症《げんばくしょう》に苦しんだ調来助《しらべらいすけ》教授は、回復して、昭和二三年から、アメリカの原爆傷害《しょうがい》調査のＡＢＣＣと共に、原子爆弾における放射能などについて研究を行っています。

かつて、昭和二〇年九月一五日に、日本自由党の鳩山一郎《はとやまいちろう》が朝日新聞の東京版《とうきょうばん》に、（原子爆弾《げんしばくだん》は国際法違反《いはん》で、戦争犯罪《はんざい》である）と、発表しました。その直後からGHQは、日本に厳《きび》しい報道統制《ほうどうとうせい》を行い、被爆者《ひばくしゃ》の悲惨《ひさん》な実態《じったい》は、世界はおろか日本国中にも伝えられなくなったのです。

しかし昭和二六年の四月に京都大学の天野重安《あまのしげやす》教授が、原子爆弾の人体に及ぼす影響《えいきょう》と、放射線の怖《おそ》ろしさを、国内で初めて講義《こうぎ》しました。それを受講した学生が中心となり、原子爆弾による被害《ひがい》の実態《じったい》を調査して、七月より、原爆被災者《ひさいしゃ》の写真や資料を日本全国で巡回《じゅんかい》して展示を行いました。これにより、日本国民は、自国にもたらされた原爆の悲惨な状況《じょうきょう》を、知ることとなったのです。

しかし、このGHQの報道統制下にあった空白の六年間の間に、アメリカは核実験《かくじっけん》を繰《く》り返して、それは、ソ連や世界への核拡散《かくかくさん》へとつながっていったのです。

昭和二六年九月八日に、アメリカのサンフランシスコで、対日講和条約《たいにちこうわじょうやく》が調印《ちょういん》されました。この翌《よく》年《ねん》、日本の本土におけるGHQの統治《とうち》は解除《かいじょ》されたのです。

エピローグ

長崎大学医学部全景（昭和33年）（長崎大学附属図書館医学分館所蔵）

昭和三〇年の春、伸助《しんすけ》のたっての願いで、伸助とキミ子は結婚をしました。伸助は、食料品から日用品までそろえる鈴木《すずき》スーパーを立ち上げて、その支店は全国に広がっています。

それに先立ち、お父さんは、キミ子を、正式に田口家の養女《ようじょ》としました。キミ子は田口家から伸助の鈴木家に嫁《とつ》いだのです。

朝子は、新制《しんせい》神戸大学の医学部に在学して、医師国家試験に向けて勉強をしています。

キミ子の群馬《ぐんま》の家族を奪《うば》い、昇《のぼる》と朝子がその撲滅《ぼくめつ》を心に抱《いだ》いた結核《けっかく》は、戦後ＧＨＱがもたらした予防接種《せっしゅ》のＢＣＧと、新薬のストレプトマイシンにより激減《げきげん》しました。

昇は、昭和二五年に長崎医科大学の跡地《あとち》に建てられた、新制長崎大学の医学部放射線科で、原子爆弾《げんしばくだん》における放射線について研究をしています。彼自身の貧血《ひんけつ》も放射線の影響《えいきょう》によることが分かってきました。

長崎医科大学は、世界で唯一《ゆいいつ》、原爆により壊滅《かいめつ》した医科大学です。その復興《ふっこう》は多難《たなん》なものでした。

昭和二一年二月一〇日には、古屋野《こやの》学長や泰山《やすやま》院長やＧＨＱのホーン軍医大尉《ぐんいたいい》の努力により、大村《おおむら》海軍病院で長崎医科大学の講義が再開しました。

しかし、同年四月中旬《ちゅうじゅん》には、この大村《おおむら》海軍病院の管轄《かんかつ》は日本の厚生省《こうせいしょう》に移り、国立大村病院となりました。それに伴《ともな》い、長崎医科大学の先生や学生は、元諫早《もといさはや》海軍病院や、浦上《うらかみ》の仮校舎《かりこうしゃ》を転々としつつ、講義を続けて来たのでした。

終戦から四年後に、長崎医科大学の名前はなくなりましたが、長崎の同じ地に、長崎大学医学部として、再建《さいけん》されたのです。

昇《のぼる》は、研究を続ける中で、原子爆弾《げんしばくだん》による放射線の怖《おそ》ろしさが、次第《しだい》に解明《かいめい》されていき、改《あらた》めてその脅威《きょうい》を実感しています。それと共に、原爆投下《げんばくとうか》直後の、放射線に対する無知《むち》さも悔《く》やんでいます。

昇は貧血《ひんけつ》だけではなく、昨年には甲状腺《こうじょうせん》ガンも発症《はっしょう》しました。原爆による放射線が人体の細胞《さいぼう》に入り込み、破壊《はかい》や突然変異《とつぜんへんい》を起こしてガンとなったのです。しかし皮肉なことに、昇は、その自分の甲状腺のガン細胞も、また放射線を照射《しょうしゃ》して破壊して治したのです。

それは、まさしく『キュリー夫人伝』で記されていた、放射線研究の『善《ぜん》』と『悪』なのです。放射線は医療現場で、『善』としてガンなどの治療《ちりょう》に役立っています。しかし夫ピエールが危惧《きぐ》していたように、その研究がまた『とてつもない破壊の手段《しゅだん》にもなる』恐《おそ》ろしい『悪』へと転じて、原子爆弾の製造《せいぞう》へとつながったのです。

原爆投下《とうか》直後の惨禍《さんか》は、筆舌《ひつぜつ》に尽《つ》くせないものでした。爆発による即死《そくし》や重度の焼けどや、むごい損傷《そんしょう》を受けました。さらに多量の放射線を浴《あ》びて、人間のさまざまな組織《そしき》の細胞を作る元である、幹細胞《かんさいぼう》が死んでしまいます。それは、百合子《ゆりこ》を始め沢山《たくさん》の被爆《ひばく》患者に現われた、皮膚《ひふ》の紫斑《しはん》、脱毛《だつもう》、出血、発熱、嘔吐《おうと》などの症状を引き起こして死に至《いた》らしめます。

しかし、それだけではすまないのです。放射線は細胞《さいぼう》深くに浸透《しんとう》して、後年になっても、細胞の突《とつ》然変異《ぜんへんい》を起こして、がんや白血病《はっけつびょう》などを発症するのです。遺伝子《いでんし》細胞への影響《えいきょう》も懸念《けねん》されます。

「僕《ぼく》の戦争は、まだまだ終わらない」

昇《のぼる》は、自身の貧血や甲状腺ガンと闘《たたか》いながら、原爆投下《げんばくとうか》から一〇年の時を経《へ》ても、いまだ解明できない放射線の研究に苦闘《くとう》しています。さらにこの原爆症が遺伝子の中に潜伏《せんぷく》して、次世代《じせだい》にも影響《えいきょう》を及《およ》ぼす可能性に、恐《おそ》れおののいています。

昇は今、この未来にも続く原爆症に対する医学の無力さを、感じ始めています。

それと共に、この原爆症は人間の大きな過《あやま》ちにより生じたことが、重要な問題であることを確信《かくしん》し出したのです。原爆は、人間が研究して、創《つく》り、投下したものです。

『キュリー夫人伝』の中で、夫ピエールは次のように自問します。

「おおいなる自然の秘法《ひほう》を知ることが、人類にとって、はたしてよいことなのか、それを活用できるほど人類は、『成熟《せいじゅく》』しているのか、この知識がかえって『災い《わざわ》』になることはないのか」

しかし、不幸にして、その『災い』は原爆として人類にもたらされてしまいました。ではこれから、どうしたら良いのか……。昇が究明し続けてきた結論は、二度と人間は、どのような形でも、核《かく》兵器《へいき》を使用してはいけないということ。さらに、ピエールの言葉通《ことばどお》り、人類の真の心の『成熟《せいじゅく》』が必《ひっ》要不可欠《ようふかけつ》であるということです。

そのためには、まず原爆が投下された実態《じったい》を、正確に人類に知らしめることです。その担《にな》い手の要《かなめ》は、原爆による被災者達《ひさいしゃたち》です。昇はそれを世界に伝えることに、自分の生涯《しょうがい》を捧《ささ》げる覚悟《かくご》でいます。

昇は今、戦後六年間、ＧＨＱによって報道規制《ほうどうきせい》された原子爆弾《げんしばくだん》の惨状《さんじょう》を、医学的見地《けんち》のみならず、原爆の被災者達と共に、多方面から、世界に発信し出しています。アメリカにも、何度も渡り講演《こうえん》をします。その活動を、神戸のお父さんや朝子、それにキミ子と伸助夫妻《しんすけふさい》が、資金《しきん》など色々な面から支え続けています。

また、昇のそばで、通訳《つうやく》や書物の翻訳《ほんやく》をしているのは、長崎の高校で非常勤《ひじょうきん》として英語を教えているジェーンさんです。昇とジェーンさんは共に、将来《しょうらい》を夢見た大切な人を、戦争で喪《うしな》った国境を越えた同志です。

原爆投下は、戦争終結《しゅうけつ》に不可欠だったと主張するアメリカ人達に、原爆投下後の長崎の惨禍《さんか》を、目《ま》の当《あ》たりにしたジェーンさんは叫《さけ》びます。

「OH NO……NO MORE NAGASAKI……」

（いいえ……。長崎を最後に、二度と繰《く》り返さないで……）

と、ジェーンさんは、訴《うった》えるのです。

昇は今、これらの活動を、受容《じゅよう》できるような世界の人々の心の『成熟』を、一心に願いつつ奔走《ほんそう》しています。

昇は、このような忙《いそが》しい中でも、時間を見つけては、長崎大学医学部の裏手《うらて》にある、グビロが丘に登ります。そこは、百合子《ゆりこ》との想い出の場所です。

昭和二四年には、この丘に、長崎医科大学の原爆《げんばく》による犠牲者《ぎせいしゃ》八九七名の追悼記念碑《ついとうきねんひ》が建てられました。

（いっ……も……いっ……しょ……）

百合子の声がします。

「カーン、カーン、カーン……」

今日も、長崎のアンジェラスの鐘《かね》は、世界から核兵器《かくへいき》がなくなることを願いつつ、人類の『愛のしるし』として鳴り続けています。

あとがき

私は、今年、母が亡くなって一〇年になります。私自身も歳《とし》を重ねて、人生の終盤期《しゅうばんき》を迎《むか》えつつあります。

そのような中、最近よく、母の傍《かたわ》らで過《す》ごした幼いころのことを、思い起こします。

私の記憶《きおく》は、母が大好きだった藤山一郎《ふじやまいちろう》が歌っていた『長崎の鐘《かね》』と共に、始まったと言っても過言《かごん》ではありません。

ラジオから『長崎の鐘』の歌が流れる中、母は台所で料理や洗い物をして、そのそばで、私は西洋人形を相手に、ままごとをして遊んでいました。

「メリーちゃん、今日のごはんは、何が食べたい？」

私も、母と同じく料理を作っている心地《ここち》でありました。おだやかな昼下がり、美しい歌と母の愛情に包まれた、懐《なつ》かしい至福《しふく》の幼年《ようねん》時代でした。

私が成長して大学生になったころ、長崎で被爆《ひばく》された永井隆博士《ながいたかしはかせ》のことがテレビで放映《ほうえい》され、初めて、『長崎の鐘』の背景《はいけい》を知ることになりました。永井隆博士の悲話《ひわ》は、哀愁《あいしゅう》をおびた『長崎の鐘』の前半と相まって、いっそう私の胸《むね》に届きました。

『長崎の鐘』は「悲しく美しい」抒情歌《じょじょうか》として、私の人生と共に歩みました。

人生の時は駆《か》け足で過ぎていき、最愛の母も喪《うしな》いました。でもあの『長崎の鐘《かね》』は残っています。

二〇二二年二月、ロシア軍がウクライナに侵攻《しんこう》しました。罪《つみ》のないウクライナの人々が、日々たくさん亡くなる報道《ほうどう》に、胸を痛《いた》めています。

さらに、ロシアは、ウクライナに対して核《かく》の脅《おど》しも行うようになりました。それは断《だん》じて許せないという思いと共に、世界で唯一《ゆいいつ》の被爆国《ひばくこく》の日本国民である私自身も、その核の脅威《きょうい》の真実に対して、全く無知であることを悟ったのです。

私が物心ついたころより、私のそばで鳴り続けていた『長崎の鐘』の実態を知りたい、いや知らなければという思いが沸《わ》き上がって参りました。

私は、まず昭和四六年に講談社《こうだんしゃ》から刊行《かんこう》された『永井隆《ながいたかし》全集』から読み始めました。この中には、永井博士が病床《びょうしょう》において執筆《しっぴつ》をした「長崎の鐘」、「この子を遺《のこ》して」、「原子爆弾救護報告《げんしばくだんきゅうごほうこく》」など一一作品が収録《しゅうろく》されています。

中でも、「私たちは長崎にいた―原爆生存者の叫《さけ》び―」には、原爆投下《げんばくとうか》による地獄《じごく》のような惨状《さんじょう》が、その体験者の子どもからお年寄りの生《なま》の声で表わされていました。それは、想像を絶《ぜっ》するあまりにもむごいもので、読み進めることを何度も中断しました。

私は、幼いころからずっと『長崎の鐘』が耳元でささやいていたのに、それを聞き流していたことを悔《く》いました。それから、広島や長崎の原爆と関る本や資料を、片《かた》っ端《ぱし》から読み、日本に落とされた原爆について勉強をしました。

そこから得たことは、この原爆よりもっと威力《いりょく》のある核爆弾《かくばくだん》が今後戦争で使われたら、生き物や自然は破壊《はかい》し尽《つ》くされて、人類や世界は滅亡《めつぼう》するだろうという危機感《ききかん》です。

私は、人生の終盤《しゅうばん》で、やっと辿《たど》り着いた『長崎の鐘』の歌に込められた長崎原爆の事実を、次世代《じせだい》の子どもや若い方々に書き遺《のこ》し伝えたいと、ペンを採《と》り始めました。しかし原爆被災の壮絶な悲惨さは、私の筆ではなかなか及び難いものでした。

この作品はフィクションではありますが、私は永井隆博士が勤《つと》められていた、世界で唯一《ゆいいつ》被爆《ひばく》し壊《かい》滅《めつ》した医科大学の長崎医科大に焦点《しょうてん》を当て、書き進めることにしました。原爆投下直後から、救護活動に尽くされた永井隆博士を始め、調来助《しらべらいすけ》教授、また角尾晋《つのおすすむ》学長や古屋野宏平《こやのこうへい》学長、そして大村《おおむら》海軍病院の泰山弘道《やすやまこうどう》院長につきましては、後世にも伝えたく実名で記させていただきました。


神戸の被爆《ひばく》二世の方たちからも、貴重《きちょう》なお話しを伺《うかが》い、さらに長崎で、原爆の問題や核廃絶《かくはいぜつ》に向けての取り組みをされている方々を、ご紹介《しょうかい》いただきました。

原爆を始めとして、戦争に関る問題を追究されている漫画家《まんがか》の西岡由香《にしおかゆか》さん。西岡さんには、資料《しりょう》をお送りいただいたり、長崎の方言についても細やかなご指導《しどう》を授《さず》かりました。

さらに、核兵器廃絶《かくへいきはいぜつ》長崎連絡協議会《れんらくきょうぎかい》の事務局の池田克子《いけだかつこ》さんを介《かい》して、核廃絶に向けて活躍《かつやく》されている若い力も、知り得《う》ることができました。長崎大学核兵器廃絶研究センターの山口響《やまぐちひびき》さんを中心に、NHKアナウンサーの野村優夫《のむらまさお》さん、ナガサキ・ユース代表団メンバーで長崎大学大学院生の平林千奈満《ひらばやしちなみ》さんです。

これらの方々のお力添《ちからぞ》えにより、執筆《しっぴつ》を続けることができました。また一昨年の秋には、長崎の地を訪れて、直《じか》にお会いすることも叶《かな》いました。

永井隆博士のお孫さんである永井徳三郎館長《ながいとくさぶろうかんちょう》や、調来助《しらべらいすけ》教授のお孫さんの調漸《しらべすすむ》先生、また山口さんには、ご多忙な中、私の原稿《げんこう》をご高覧《こうらん》いただき、ご教示《きょうじ》を賜《たまわ》りました。調先生には、本の帯へのお言葉も頂戴することができました。

さらに、調漸先生を始めとして、長崎大学附属図書館医学分館や長崎原爆資料館からは、貴重な写真の転載を許可して頂き、本作品を生かすことができました。

また、イラストレーターの藤正良一様、そしてこの『被爆した長崎医科大へ　神戸から』を刊行して下さった図書出版浪速社の杉田宗詞様に、心より深く御礼を申し上げます。

長崎訪問の際には、西岡さんが、被爆遺構《ひばくいこう》などを案内して下さいました。そこに立つと、被爆者の方々の声が聞こえてくるように思えました。

さらに、山口さんに導《みちび》かれて、長崎大学医学部の裏手にあるグビロが丘に、登ることができました。今は、訪れる人もほとんど無いのか、木の階段《かいだん》は朽《く》ちて、道も丘もうっそうとした木々に覆《おお》われていました。

丘の上には、昭和二四年に建てられた追悼記念碑《ついとうきねんひ》が、木の葉を被《かぶ》って立っていました。ここに原爆《げんばく》投下《とうか》直後、長崎医科大学を始め長崎の被爆者たちが横たわっていた光景が、脳裏《のうり》に浮かんで参《まい》りました。覆《おお》っている木々の間から、木漏《こも》れ日が、かすかに射《さ》し込んでいます。その時私は、この覆い被さっている木々を全部取り払い、グビロが丘を、白日《はくじつ》の下《もと》に世界に向けて、照らし出さなければという思いに駆《か》られました。

昨年一二月に、日本被団協（日本原水爆被害者団体協議会）が、ノーベル平和賞を受賞しました。核兵器廃絶運動の世界の取り組みに、大きな力となるでしょう。

長崎では、浦上《うらかみ》天主堂のアンジェラスの鐘《かね》が、毎日、朝五時半、昼一二時、夕方六時に鳴り続け、また平和公園に昭和五二年に設置《せっち》された長崎の鐘は、毎月、原爆投下《げんばくとうか》日時である九日の一一時二分に、人々が鳴らし続けています。

今年は、広島と長崎に原子爆弾が投下されて八〇年になります。これら長崎の鐘の音《ね》が、全世界に届くことを強く願ってやみません。

■参考文献

一、日本交通公社編『時刻表　1號』日本交通交社、一九四五年九月
二、永井隆『永井隆全集』講談社、一九七一年八月
三、調来助『私の原爆体験と原爆傷害の大要』長崎大学原爆後傷害医療研究所資料保存・解析部
四、秋月辰一郎『死の同心円』講談社、一九七二年七月
五、神戸空襲を記録する会編『神戸空襲体験記』のじぎく文庫、一九七五年三月
六、塩月正雄『初仕事は〝安楽殺〟だった』光文社、一九七八年八月
七、日本赤十字社長崎県支部編『閃光の影で』三省堂、一九八〇年八月
八、現代出版編集部編『ヒロシマ・ナガサキ』現代出版、一九八二年八月
九、林京子『祭りの場・ギヤマンビードロ』講談社、一九八八年八月
一〇、宇野俊一他編『日本全史』講談社、一九九一年三月
一一、長崎総合科学大学長崎平和文化研究所編『ナガサキ―一九四五年八月九日』岩波書店、一九九五年七月
一二、永井誠一『長崎の鐘はほほえむ』女子パウロ会、一九九五年八月
一三、米村博臣編『長崎医科大学復員青年医師による巡回診療班』長崎大学医学部原爆復興五〇周年医学同窓会記念事業会、一九九六年一一月
一四、深堀勝一『空白の二〇時間』長崎被爆者手帳友の会、一九九七年六月

一五、平山輝男編『日本のことばシリーズ四二　長崎県のことば』明治書院、一九九八年六月
一六、女子パウロ会編『原子野からの旅立ち』女子パウロ会、二〇〇五年六月
一七、筒井茅乃『娘よ、ここが長崎です』くもん出版、二〇〇七年七月
一八、泰山弘道『完全版　長崎原爆の記録』東京図書出版、二〇〇七年八月
一九、谷川勝至『みんなが知りたい放射線の話』少年写真新聞社、二〇一一年一二月
二〇、原子力教育を考える会監修『放射線の大研究』ＰＨＰ研究所、二〇一二年八月
二一、原子力教育を考える会監修『原子力がわかる事典』ＰＨＰ研究所、二〇一二年九月
二二、山村神一郎『やさしくわかる放射線』誠文堂新光社、二〇一三年一〇月
二三、エーヴ・キュリー『キュリー夫人伝（新装版）』（河野万里子訳）白水社、二〇一四年七月
二四、高見三明『きょうも鳴り響く平和の鐘』インテックス、二〇二〇年八月
二五、長崎原爆の戦後史をのこす会編『原爆後の七五年』書肆九十九合同会社、二〇二一年八月
二六、山田一俊「アンゼラス（お告げ）の鐘―長崎の鐘」浦上教会歴史委員会、二〇二四年三月

日本の歴史と原子爆弾開発のプロセス

原子《げんし》爆弾《ばくだん》開発のプロセス	
	ドイツの物理学者ヴィルヘルム・レントゲン、人工放射線の一つであるエックス線発見。
	アンリ・ベクレル、ウラン化合物から放射線を発見し、ベクレル線と命名。
	マリー・キュリーと夫のピエール・キュリーは、ウランより強い放射線を出す、ポロニウムとラジウムという新しい放射線元素《げんそ》を発見。マリー・キュリーが放射線元素という名前と、その物質から放射線を出す能力（性質）に放射能という名前を付《つ》けた。これは原子《げんし》そのもが変化して、エネルギーを発しているというもので、原子は変わらないという当時の常識《じょうしき》を否定する主張であったが、後にこの分野で多くの研究が進んだ。
	アーネスト・ラザフォードがウランから 2 種類の放射線、アルファ線とベータ線の発生を発見。
	ユダヤ人でドイツのアルベルト・アインシュタインが、「$E=mc^2$」という特殊相《そう》対《たい》性《せい》理《り》論《ろん》を発見。 E：エネルギー　m：質量　c：光速
	アーネスト・ラザフォードは、ラジウムから出るアルファ線を色々な金属板に当てて、原子核《げんしかく》の存在を実験で証明する。

西暦 和暦	日本の歴史
1894年 明治27	日本、清国《しんこく》に宣戦布告《せんせんふこく》。
1895年 明治28	日清講和条約《にっしんこうわじょうやく》調印
1896年 明治29	山川健次郎《やまかわけんじろう》ら、日本初のレントゲン写真撮影《さつえい》成功。
1898年 明治31	日本で最初の政党内閣誕生《ないかくたんじょう》。
1900年 明治33	治安警察《ちあんけいさつ》法公布
1902年 明治35	日英同盟《どうめい》条約調印
1904年 明治37	日露《にちろ》戦争
1905年 明治38	日露講和《こうわ》条約調印
1909年 明治42	ハルピンで伊藤博文《いとうひろぶみ》暗殺。
1910年 明治43	幸徳秋水《こうとくしゅうすい》、大逆罪で逮捕。社会主義の大弾圧《だんあつ》始まる。
1911年 明治44	
1912年 明治45 大正 1	明治天皇崩御《ほうぎょ》、大正と改元《かいげん》。

ベルギー人で鉱山技師エドガー・サンジェが、アフリカのコンゴで、世界最高純度のウラン鉱石発見。

ジェームズ・チャドウイックはベリリウムを用いた放射線作成の実験で、中《ちゅう》性《せい》子《し》を発見する。

1914年 大正 3	第一次世界大戦に参戦し、ドイツに宣戦布告《せんせんふこく》。
1915年 大正 4	中国に二十一か条の要求書を強要。
1918年 大正 7	シベリア出兵
1919年 大正 8	朝鮮で三・一独立運動拡大。
1921年 大正10	
1922年 大正11	ワシントン海軍軍縮《ぐんしゅく》条約調印
1923年 大正12	関東大震災《しんさい》
1925年 大正14	普通選挙法成立
1926年 大正15 昭和 1	大正天皇崩御、昭和と改元。
1927年 昭和 2	金融恐慌《きんゆきょうこう》始まる。
1928年 昭和 3	張作霖爆殺《ちょうさくりんばくさつ》事件　治安維持《ちあんいじ》法改正（最高刑は死刑）。
1931年 昭和 6	関東軍謀略《ぼうりゃく》による満州事変《まんしゅうじへん》発生。
1932年 昭和 7	実権は日本人による、「満州国」建国。 五・一五事件起こる。開拓《かいたく》移民推進《すいしん》
1933年 昭和 8	日本、国際連盟《れんめい》脱退。
1934年 昭和 9	関東軍の支配下、溥儀《ふぎ》が満州国の皇帝即位《そくい》。
1936年 昭和11	二・二六事件起こる。

ドイツのオットー・ハーンとフリッツ・シュトラスマンらは、ウランに中性子《ちゅうせいし》を当てると、大幅《おおはば》に軽いバリウム発生を発見。

オーストリア出身の女性物理学者リーゼ・マイトナーらは、これは原子核《げんしかく》が分裂《ぶんれつ》したためという結論に至《いた》る。つまり中性子を使えば、人為《じんい》的に原子核分裂を起こすことが可能となる。

ユダヤ人物理学者レオ・シラードは、アルベルト・アインシュタインを通して、アメリカのフランクリン・ルーズベルト大統領に「原子力とその軍事利用」の可能性と、ナチス・ドイツによるその開発への懸念《けねん》について、手紙を書く。（アインシュタインは平和主義者で、手紙に名前を貸したが、アメリカの原子爆弾《げんしばくだん》開発には一切関わっていない）

ナチス・ドイツがベルギーに侵攻《しんこう》して、エドガー・サンジェが母国ベルギーに送っていたウランの在庫の一部が、ドイツ軍に押収される。

エドガー・サンジェはドイツ軍の手に渡る前に、コンゴのウラン鉱石を、アメリカのニューヨーク（スタテン島）に密《ひそ》かに出荷《しゅっか》する。

日本の真珠湾攻撃により、アメリカが第二次世界大戦に参戦。

アメリカの原子爆弾《げんしばくだん》開発を担《にな》う陸軍のレスリー・グローヴスはエドガー・サンジェに働きかけ、アメリカに保管のウラン1200トンとコンゴの在庫《ざいこ》ウラン全てを独占購入《どくせんこうにゅう》。

アメリカのルーズベルト大統領は、核《かく》開発プロジェクト「マンハッタン計画」を承認《しょうにん》し、責任者にレスリー・グローヴスを任命する。

「マンハッタン計画」の科学者のリーダーに、ユダヤ人物理学者ロバート・オッペンハイマーが着任し、研究所はニューメキシコ州ロスアラモスに設置される。

ドイツは原子爆弾《げんしばくだん》開発中止を決定。

４月、アメリカのルーズベルト大統領死去。新大統領にトルーマン就任。
アメリカ　ニューメキシコ州のアラモゴードのホワイトサンズ性能試験場で、人類史上初の核実験「トリニティ」が実施される。
アメリカ　広島に原子爆弾を投下し、十四万人以上が死亡。
長崎市にも原子爆弾を投下し、七万人以上が死亡。
ソ連は、降伏直後のドイツの北部の町で百トンを超すウランを押収。

1937年 昭和12	日中全面戦争　　日本軍南京占領《なんきんせんりょう》、南京大虐殺《だいぎゃくさつ》を起こす。
1938年 昭和13	国家総動員法公布
1939年 昭和14	第二次世界大戦勃発《ぼっぱつ》　　英・仏はドイツに宣戦布告《せんせんふこく》。
1940年 昭和15	日独伊三国同盟《どうめい》調印　　大政翼賛会発足《たいせいよくさんかいほっそく》
1941年 昭和16	日本軍、ハワイ真珠湾《しんじゅわん》を攻撃《こうげき》。太平洋戦争始まる。
1942年 昭和17	日本軍は、ミッドウェー海戦で大敗北。
1943年 昭和18	山本五十六《やまもといそろく》長官機撃墜《げきつい》される。学徒出陣《がくとしゅつじん》
1944年 昭和19	サイパン島玉砕《とうぎょくさい》　　レイテ沖決戦《けっせん》で日本軍壊滅《かいめつ》。 マリアナ基地から B29爆撃機が東京を初空襲。学童疎開《がくどうそかい》始まる。
1945年 昭和20	B29により、東京を始め日本全国に焼夷弾《しょういだん》の空襲。 アメリカにより広島、長崎に原子爆弾投下《げんしばくだんとうか》。 ソ連が対日宣戦布告《たいにちせんせんふこく》。 日本は、ポツダム宣言受諾《じゅだく》し、無条件降伏。GHQ の占領下《せんりょうか》となる。 日本自由党の鳩山一郎が、朝日新聞の東京版に、「原子爆弾は国際法違反で、戦争犯罪である」と発表し、その直後から GHQ は日本に厳しい報道規制を六年間行う。

ソ連は、ドイツで押収したウランを使って核実験に成功。

1946年 昭和21	天皇の人間宣言。東京裁判開廷《さいばんかいてい》し、A 級戦犯《せんぱん》出廷。
1947年 昭和22	平和と民主主義を目指《めざ》した日本国憲法施行《けんぽうしこう》。
1948年 昭和23	
1950年 昭和25	朝鮮戦争勃発《ぼっぱつ》　警察《けいさつ》予備隊新設
1951年 昭和26	対日講和《こうわ》条約と日米安全保障条約調印。
1954年 昭和29	第五福竜丸《ふくりゅうまる》乗組員被爆《ひばく》　自衛隊発足《じえいたいほっそく》
1956年 昭和31	最後《さいご》のシベリア抑留者帰還《よくりゅうしゃきかん》。日本被団協結成

参考文献

①レスリー・R. グローヴス 『私が原爆計画を指揮した』（冨永謙吾・実松譲訳）恒文社、1964年 9 月
②宇野俊一他編 『日本全史』 講談社、1991年 3 月
③藤永茂 『「闇の奥」の奥』 三交社、2006年12月
④谷川勝至『みんなが知りたい放射線の話』少年写真新聞社、2011年12月
⑤原子力教育を考える会監修『放射線の大研究』 PHP 研究所、2012年 8 月
⑥原子力教育を考える会監修『原子力がわかる事典』 PHP 研究所、2012年 9 月
⑦山村神一郎 『やさしくわかる放射線』 誠文堂新光社、2013年10月
⑧エーヴ・キュリー 『キュリー夫人伝（新装版）』（河野万里子訳） 白水社、2014年 7 月
⑨南アフリカ市民団体 「原爆開発のウラン供給『コンゴの被害を知って』」 中国新聞社、2022年 8 月 1 日
⑩ NHK スペシャル「原子爆弾・秘録～謎の商人とウラン争奪戦」2023年 8 月 6 日放映。
「NHK 一般サイト」プライバシーノーティス

■著者プロフィール
鳥居真知子（とりい　まちこ）

1951年三重県に生まれ、兵庫県の芦屋で育つ。1974年甲南大学文学部卒業。結婚後、神戸に住む。子育ての合間に児童文学を書き、「おはようおじさん」が三木市立図書館でビデオ化される。

1992年甲南大学大学院入学。修了後、同大学と神戸山手女子短期大学で非常勤講師として勤め、退職後、再び児童文学を書き始める。

研究著書に『我々は何処へ行くのか ― 福永武彦・島尾ミホ作品論集』（和泉書院）、共著に『時の形見に』（白地社）、『南島へ南島から』（和泉書院）、『島尾敏雄』（鼎書房）。

児童文学としての著書に『赤い屋根』（BL 出版）、『ピラカンサの実るころ』（読売ライフ）、『あした咲く花』（読売ライフ）、『アマゾンへ　じっちゃんと』（海風社）、『アマミゾの彼方から』（海風社）がある。

■カバー装幀／本文：イラスト
藤正良一（ふじまさ　りょういち）

1941年大阪市に生まれる。

浪速短大商業美術科（現大阪芸術大学商業美術科）を卒業。

百貨店のファッションイラストや雑誌のイラストルポや新聞広告のイラストを幅広く描く。

毎日新聞商業デザイン賞や国連ポスターや朝日新聞読者の選ぶ広告賞などを受賞。

26インチ自転車時代の1960年に、日本で初めて、いま人気のママチャリのミニサイクルと、室内トレーニングサイクルを設計製作する。

当時珍しい折りたたみサイクルのGデザイン賞も受賞する。

被爆《ひばく》した長崎医科大《ながさきいかだい》へ　神戸《こうべ》から

■発　行　日　令和7年3月1日　初版第一刷発行
■著　　　者　鳥居真知子
■発　行　者　杉田宗詞
■発　行　所　図書出版 浪速社
〒637-0006
奈良県五條市岡口一丁目9番58号
電 話 090(5643)8940
FAX 0747(23)0621
■印刷・製本　亜細亜印刷㈱

Printed in Japan　ISBN978-4-88854-571-6